須賀敦子が歩いた道

須賀敦子＋松山巖
アレッサンドロ・ジェレヴィーニ＋芸術新潮編集部

とんぼの本

新潮社

須賀敦子が歩いた道　目次

［右から］原宿の仕事場に飾られていたロマネスク彫刻の写真／愛用していたパーカーの万年筆／書斎にあった電気スタンド。

撮影―広瀬達郎（新潮社写真部）

須賀敦子の主要著書。『地図のない道』は亡くなった翌年の1999年刊。その後も、遺されたエッセイをまとめた『霧のむこうに住みたい』『塩一トンの読書』（ともに2003年　河出書房新社）が出版されている。

24歳の時にはじめてイタリアを訪れ、
29歳からの13年をイタリアで暮らした須賀敦子。
日本に帰ったあとも、彼女の目や心は、
イタリアの人や町や芸術と深いところでつながっていた。
フラ・アンジェリコ、シエナの坂道、アッシジの町の夕景色
——55歳を越えてから、あふれだすように綴られた遠い日々。
私たちは、２００８年の没後10年を機に、
彼女の目や心に刻まれたものを探してみることにしました。

✣本書中の引用は『須賀敦子全集』（河出文庫）によりました。

パリに留学していた24～26歳のころか、あるいはローマに留学して間もないころか。留学中の須賀敦子は、友人たちと連れだってよく遠出をしていたから、そんな思い出の一枚かもしれない。

第1章 坂道でたどる須賀敦子

生まれ育った芦屋・夙川《しゅくがわ》の町も、
はじめて魅せられたイタリアの町も、
愛した詩人の住んだ町も、
坂の多い町だった。
須賀敦子が歩き、
思いを託したいくつもの坂道を、
故人と親交の深かった
作家の松山巖さんとともにたどった。

文―編集部

軽く目を閉じさえすれば、それはそのまま、むかし母の袖につかまって降りた神戸の坂道だった。母の下駄の音と、爪先に力を入れて歩いていた靴の感触。西洋館のかげから、はずむように視界にとびこんできた青い海の切れはし。

「トリエステの坂道」

宝塚市にある小林聖心女子学院の坂道。6〜8歳の小学部時代、14〜16歳の高等女学部時代の通学路だった。

宝塚
小林聖心女子学院の坂道

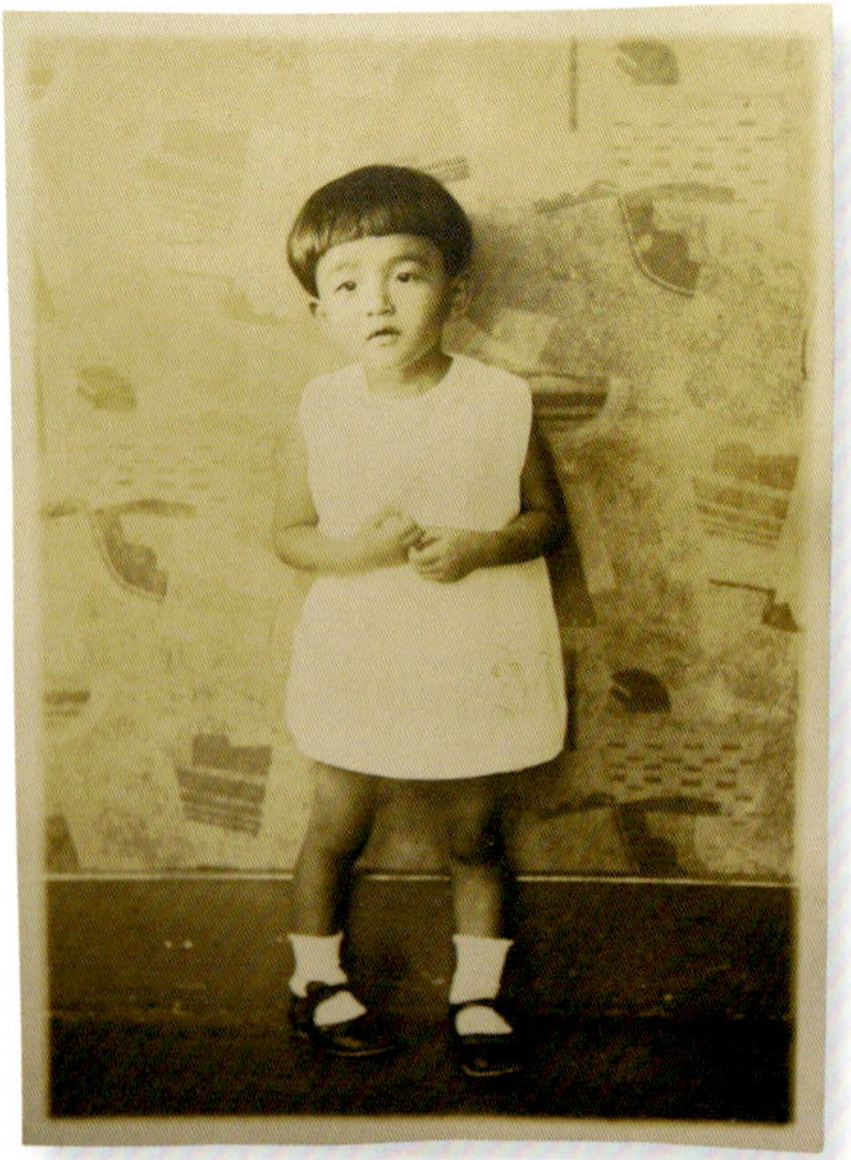

[右]3歳のころの須賀敦子。『ユルスナールの靴』のプロローグで語られた印象的なポートレートはおそらくこの写真だろう。
[下]妹の良子(向かって左)と。

幼年期をすごした西宮市の夙川も、10代の大部分を送った麻布も、坂の町だった。須賀敦子が、そのあと暮らしたイタリアで、起伏の多い町や道を好んだのも、そんなことが関係しているのかもしれない。

カトリック夙川教会は須賀が育った家からは坂をくだって5分のところにあり、18歳のときに洗礼を受けて以来、帰郷するたびに、朝6時のミサにかよったという。この教会は1921年、阪神で最初のカトリック教会としてはじまり、現在にいたるまで大阪大司教区では最大の信者をかかえている。家族に信者はいなかった。

須賀が6歳から22歳までかよった学校はミッション・スクールだった。でも、洗礼を受ける2〜3年前までは、カトリックの友だちに「どうして神さまなんか信じるの」などと言って困らせていたというから、そのあいだになにかがあったのだろう。その「なにか」のひとつは、親友「ようちゃん」の入信だった。そのころふたりがかよっていた小林《おばやし》聖心女子

宝塚・白金通学路

＊学校の行き帰り、私たちは光林寺坂というのを降りて、電車道を渡って、五の橋を渡って、そこから芝白金の聖心まで、平ったい町工場ばかりの道を心まで、20分ほど歩いて行きました。旋盤工場が多かったみたいですけれど、中に一軒、雲母を扱っている家があって、この小父さんがよく私と妹にウンモのかけらをくれました。知ってっか、ウンモは英語でマイカって言うんだぞ、とやさしい声で言いながら。私たちは石みたいに見えるのに一枚々々はがれる雲母がふしぎでふしぎで死にそうでした。

✣松山巖宛の手紙（1997年4月20日）

＊須賀姉妹がかよった聖心女子学院小学部。

東京の須賀の家から聖心女子学院へは、まず光林寺坂［右］をくだる。そして〈平ったい町工場ばかりの道〉から蜀江坂［左］をのぼり、坂の途中の裏門から登校した。

学院は、春は桜が咲きみだれ、秋は紅葉が空を染める、美しい坂道［7頁］をのぼったところにあって（卒業生なら、みなこの坂道をなつかしく思い出すという）、須賀はある日その坂道で、尊敬していたようちゃんに、カトリックになると告白される。おそらくそのとき彼女の中にキリスト教への関心が芽生えたのだろう。その後、東京聖心の高等専門学校へ進み、洗礼を受け、大学のころは修道院へはいろうかと迷ったり、慶応の大学院へと進んだころには、カトリック学生連盟の一員として活動したりしながら、神学への思いを深めていく。

［右頁／左・下］
西宮市にあるカトリック夙川教会。聖堂は1932年に建てられたもので、右頁のステンドグラスは幸いにも阪神大震災の難をまぬがれた。

　須賀の少女時代には、もうひとつ忘れられない坂道がある。一家は敦子が小学校3年生のとき、父の転勤にともなって夙川から東京に引っ越しており、戦争で夙川に戻るまでを麻布で過ごした。その家が戦後も残っていて、大学院生だった須賀は、別居中の両親の仲を修復しようと、夙川の母を、父のいる麻布の家まで連れていったことがある。そして、そのときのことを、〈子供のころから、妹といっしょに毎朝歩いて学校に通った道が秋の陽にかがやいているのを、私は息をつめるようにして、タクシーの窓から眺めた〉（『ヴェネツィアの宿』）と書いた。その〈子供のころ〉は、東京の学校にもなじめず、勉強も嫌いで、一時は登校拒否寸前だったらしいから、松山さん宛ての手紙［9頁］の明るさはすこし意外だった。ふつうに歩けば20分もかからない道のりを、その倍もかけてかよっていたわと、これは妹の良子さんから聞いた。坂の途中に炭屋があって、飽きずに眺めていたというのは、同じ松山さんへの手紙に書いてあった。いやな思い出がしみついているのではないかと思われたその坂道は、少女の心をなぐさめる救いの道だった。心を決して麻布に母を送りとどけたその日、明るく照らされた道に、須賀は幼いころの自分の姿を見ただろうか。父が家に戻ったという手紙を母から受け取ったのは、それから2ヵ月後のことである。

Siena
Via Santa Caterina

シエナ 聖女カテリーナ通り

大学生のころあこがれていた聖女カテリーナの生家につづく坂道。25歳のときにこの坂の上までやって来たが、実際に足を踏みいれたのはその40年後だった。
左頁の写真は午前8時のものだが、この写真は午後4時の聖女カテリーナ通り。道は時間や季節によって表情を変える。

暗い谷底に降りるような細い坂道のてっぺんに私は立っていた。高い建物が両側から迫るように並んでいて、家々の窓から道に張り出した洗濯物が風にはためいている。私は、建物の壁に貼った大理石の標識に目をやりながら、考えている。聖女カテリーナ通り。この道を降りて行けば、カテリーナが生まれた家がある。そそのなかには、彼女が、神だけにみちびかれるのを望んで、たてこもったと小部屋があるはずだ。そう思うといてもたってもいられないのに、フランコは待ってくれない。フランコ、うしろから名を呼んでいるのに、彼は私にはかまわないで、との駐車場に向かって、城壁のそいてゆく。すたすた歩

✣『遠い朝の本たち』

サン・ドメニコ教会［右］にあるこの肖像が唯一信頼できるカテリーナ像といわれる。作者は14世紀の画家アンドレア・ヴァンニ。

かつて須賀敦子を強い力で引き寄せた聖女カテリーナ通り［12／13頁］は、今回たずねた坂道ではもっとも長くて急だった。

〈シエナ派の私は、きれながの目がひどく好きだ。お茶のお点前の時の柄杓《ひしゃく》のような具合に、白い百合の枝をもって、つめたいような顔をしている。カテリナの沈黙に、私は、心をひかれる〉（1971年4月10日の日記）

大学生になったばかりの須賀は、聖女カテリーナのようにはげしく生きたいと願う。伝記を読んでその生涯にのめりこみ、この本を大学での最初の課題に選んだ。14世紀に生きたカテリーナは、幼いころ神に呼ばれ、親に結婚を迫られてもしずかに拒み、神とともに生きることを誓った。在俗のまま学問を修め、教皇と反教皇派の間をとりもつなど、生涯を教義のために尽くした。須賀は彼女の姿に、同じく両親の反対を押して、大学に進んだ自身を重ねあわせたことだろう。修道女への道も考えていたが、カテリーナを

聖女カテリーナ通りをくだってなかほどの道を右に曲がると、カテリーナの生家がある。彼女は台所の下にある粗末な小部屋で神に祈りつづけた。

知って、神に召されるということは、ただ修道生活をおくることのみを意味するのではなく、〈そのために自分が生まれてきたと思える生き方を、他をかえりみないで、徹底的に探究する〉（『遠い朝の本たち』）ことではないかと悟る。

そうして生きるための道しるべとなったカテリーナの故郷を、須賀が訪れたのは、それから5年あまりのちのことで、パリに留学はしたが、まだ自分の道を探しあぐねていたころだった。12頁の引用はその時のエピソードだが、これには40年後の後日譚がある。須賀は今度こそカテリーナの家を訪ねようと、あの谷底のような道を探しにいく。けれど、ようやく見つけたその道はあかるい太陽に照らされた、ただの平凡な坂道だった。聖女カテリーナ通り——ふたりの須賀が見た道は、たしかに同じ道だっただろう。でも〈暗い谷底に降りるような細い坂道〉は、若き須賀にこそ必要な道だった。結局カテリーナの家には入らなかった彼女自身にも、たぶんそのことはわかっていた。

アッシジ 坂の町 Assisi

イタリア中部の小都市、アッシジは坂の町である。どこへ行くにも、坂ばかり。中世以来の街並がつづくなかを、ゴシックのアーチをくぐったり、修道院の高い壁にそって、坂を上がったり降りたりしながら、ときどき、曲り角などで、思いがけなく眼下にひらける景色に見とれることもある。

はじめてこの町をおとずれたのは、一九五四年の夏で、アッシジのとなりのペルージャという、これも中世のままの町の大学で、イタリア語の夏期コースに出ていたとき。友人の運転するスクーターのうしろに乗せてもらって、やはり坂ばかりのペルージャの丘を降り、しばらく平野を走ると、アッシジの丘が前方に見えた。丘のいちばんふもとの辺りの、「大修道院」と土地の人が呼ぶ教会の巨大な橋梁をおもわせる建築に、まず、目を奪われた。

✣「アッシジに住みたい」

アッシジでは〝現代の聖フランチェスコ〟のような修道士の姿を見かけることが多い。
［左頁］アッシジ旧市街からサン・ダミアーノ修道院へいたる坂道。
アッシジに足繁くかよったのは25歳から31歳ころにかけて。

サン・ダミアーノ通り
Via San Damiano, Assisi

スバジオ山の斜面にひろがるアッシジの丘。左の大きな建物が「大修道院」こと、サン・フランチェスコ修道院。よくおとずれたサン・ダミアーノ修道院はこの丘の右手にある。

28歳のころの「アッシジでのこと」というエッセイは、アッシジで受けた感動と聖フランチェスコへの思いが、若々しい筆致で描かれていて胸をつかれる。アッシジでは、とにかく須賀敦子が「いい」と書いているところにいってみようと、まっすぐにその場所へと向かった。ロッカ・マッジョーレ、サン・ダミアーノ修道院、サン・フランチェスコ聖堂……。どこへゆくにものぼるかおりるかしなければならなかったから、思い出の坂道といってもいったいどこがそれなのか、はじめはちょっと迷った。

　アッシジは聖フランチェスコの町である。聖フランチェスコは、1181年頃、アッシジの裕福な織物商の家に生まれた。立身出世の野望を抱く遊蕩好きな若者だったが、あるときキリストの声を聞き、清貧と謙譲に生きる決意をする。ぼろをまとい、施しを受けながら、貧しい人、弱い人に仕え、太陽や月はもちろん、自然のすべてに向かって兄弟姉妹と呼びかけた。やがてその姿勢に共鳴する者が集まり、修道会創設をゆるされると、伝道の旅にでかけ、各地を説教してまわった。

　1226年にフランチェスコが亡くなると、弟子たちによってまたたく間に墓所となる聖堂の建設がはじまった。それはフランチェスコの意思に反するものであり、須賀も「堕落の象徴」といったが、でもすぐに、〈彼らの「堕落」のおかげで、私たちは、かけがえのないジョットの壁画をはじめ、すばらしい街並まで楽しめるのだから、不平はいえない〉（「アッシジに住みたい」）と矛をおさめる。この聖堂がなければ、ジョットも、彼に導かれたルネサンスも、ありえなかったかもしれない。

　聖堂には須賀が〈猫背の、恐縮したみたいな表情の〉（同前）と言った、ジョッ

サン・ダミアーノ修道院。〈この暗くてほんの小さな、それでもとても意味深い教会〉（ペッピーノ・リッカ宛の手紙〈1960年3月8日〉）を須賀は幾度訪れたのだろうか。

サン・フランチェスコ聖堂上堂の壁をかざるジョットの聖フランチェスコ伝の一図。
1296〜99年頃　フレスコ　270×200cm
撮影＝筒口直弘（23頁上まで）

ジョット
《小鳥に説教する聖フランチェスコ》

[右]チマブーエの聖フランチェスコは、こけた頬が清貧に生きたこの聖人の暮らしをしのばせる。
《玉座の聖母子と四天使、聖フランチェスコ》 部分
1270年代後半 フレスコ サン・フランチェスコ聖堂下堂（左も）
[左]シモーネ・マルティーニの聖キアラは悲しげな表情。
《聖女キアラ》（聖女マルガリタとの説も） 1322年頃 フレスコ

ト以前の聖フランチェスコ像［右］ものこっている。自分こそは第一の画家と自負していたチマブーエの作で、彼がアッシジで手がけた最初の壁画のなかにある。聖堂にはそれまで逸名画家によるフランチェスコ伝が部分的に描かれていたほかは、ほとんど装飾はなかったが、画家はつづいて上堂祭室と翼廊に大壁画を完成させた。このチマブーエがアッシジを去ったのち、しばらくして斬新な画風で認められた新進画家が、フランチェスコの伝記を元にした28枚の連作を描く。それが〈かけがえのないジョットの壁画〉というわけだ。

地下のフランチェスコの墓廟では、さすがに熱心に祈りを捧げる人も多かったが、上堂や下堂で流されていた「静粛に」というアナウンスがものがたるように、静かに祈るにはだいぶ人が多すぎるようだった。教会は静寂な礼拝の場であるべきだと考えていた須賀が、教会の壁画などは美術館に持って行くのがいいのではないか、とどこかに書いていたことを思い出した。

[上]須賀の自宅の机の抽斗には、このロレンツェッティの聖母子像の小さな複製画［左］があった。
《聖母子と聖フランチェスコと聖ヨハネ》部分
1320年代後半　フレスコ
サン・フランチェスコ聖堂下堂

聖キアラの庭

私の現実は、ひょっとすると、このウムブリアの一隅の、小さな庭で、八百年もまえに、あのやさしい歌をうたった人につよくつながっているのではないだろうか。私も、うたわなければならぬのではないだろうか。

「アッシジでのこと」

一方、須賀が〈今でも聖《サン》フランチェスコと聖《サンタ》キアラが、まだそっくりあの時のままの生活をふたりしてつづけているとしか思えない〉（「アッシジでのこと」）と書いたのは、サン・ダミアーノ修道院。

若きフランチェスコが、親の金をくすねて修復にあたり、のちに、「フランチェスコが咲かせた小さな草花」と呼ばれた修道女キアラを住まわせた場所で、アッシジの丘の中腹にある。足もとに夏の草花が咲きみだれ、遠くにアッシジの平野がひろがる坂をくだるのは、とても気持ちがよかった［17頁］。この修道院で須賀は、小さな聖キアラの庭［右頁］に心を奪われた。〈一週間まえあとにしてきた勉強が、パリの美しさ全部が、私の頭の中で廻転しはじめ、淡い音をたてて消えてしまった。力づよい朝の陽光にたえられず、橙々色にしぼんでしまう月見草の花のように〉（同前）。このころ須賀は、留学先のパリで苦しんでいた。そして、イタリアの明るさと、言葉の美しさに、惹かれはじめていた。

須賀は、庭に案内してくれた修道士から、フランチェスコはここで「太陽の讃歌」を詠んだのだと教えられる。「太陽の讃歌」はイタリア語で書かれた最古の詩といわれ、つまり、イタリアの文学史はここから始まった。ラテン語ではなく民衆の言葉を用い、時に歌い踊りながら人々に語りかけたフランチェスコ。彼の言葉に耳を傾ける人々の姿が、イタリア語のやさしいひびきに人生の灯を見た須賀の姿と重なる。

わかっている限りで、須賀が最後にアッシジを訪れたのは1960年の3月で、それ以降は著作にも記録にもでかけたあとはみられない。1993年に出たエリオ・チオルの写真集『アッシジ』を評して、俗を排して町を理想郷につくりあげたと言い、この写真集に本来のアッシジの姿を見ると語った。アッシジは思い出とともにしまわれていて、もう現実の町をおとずれる必要はなかったのかもしれない。

須賀が亡くなったとき自宅の机の抽斗には、小さな聖母子像があったという。それは、サン・フランチェスコ聖堂下堂の、夕暮れになるとそこだけが照らされて輝くというピエトロ・ロレンツェッティの聖母子像［23頁］だった。

［右頁］サン・ダミアーノ修道院にある一坪ほどの小さな庭。三方は壁にかこまれているが、ひらかれた一方からはアッシジの平野が眺められる。庭というよりは、ちいさなテラスのようだった。

［下］アッシジの東のはずれから約4キロ。スバジオ山の木々にかこまれるようにして立つエレーモ・デッレ・カルチェリ。いまは修道院になっている。須賀は日本の奥の院を思わせると言い、しばしばここをおとずれた。

友人を案内した際、須賀がぜひとも見せたかったのが、ここロッカ・マッジョーレから見る町の夕景。アッシジの建物の多くは、スバジオ山から切り出された白と薄桃色の石でつくられている。

Perugia
Via del Paradiso

ペルージャ
極楽通り

メルロ・ポンティがコレージュ・ド・フランスで講義をし、カフェ・フロールでサルトルが読書していたパリで、夢中になって戦後のヨーロッパを追っていた私は、ペルージャで小地主の未亡人の家に下宿し、ヴィア・デル・パラディーソ（「極楽通り」と言ってしまうと、なにか京都あたりの町並を想像してしまうが、この通りはなんと、片側の高い石塀に蔓草の繁った、せまくてほそい石段の名称だったのである）などという浮世ばなれのした名の道を学校に通い、プロシュッティ先生*のオペラ風のパスコリ**に、不思議な魅力を感じてのめりこんでいったのである。そんなふうにして私のイタリアとの対話ははじまった。

✣『ミラノ 霧の風景』

*ペルージャの大学でイタリア文学を教わった恩師。
**ジョヴァンニ・パスコリ。20世紀初頭のイタリアの詩人。

外国人大学から帰るときは、まずせまくて暗い階段を下り［右］、さらに左に曲がって今度はやや広い階段［左］を下りる。ここまでが極楽通り。

橋のようないっぷうかわった道は、ローマ時代につくられたあるものを再利用。須賀も長らくふしぎに思っていたという。答えは次頁に。

パリ時代、須賀敦子が夏休みをすごしたペルージャは、アッシジと同じウンブリア地方の丘にある。須賀がこの外国人大学にかよったのは1954年だが、現在も、大学の町らしい若いエネルギーに満ちていた。女の子ばかりをカメラでねらう、あぶないおじさんもいたけれど。

大学の近くに、「水道橋通り」という通りがある。残念ながら坂ではないが、須賀が好きな道だった。見つけると、いっしょに歩いていた松山さんが、おお、という顔をして「須賀さんの家は水道屋さんだったから」と笑った。水道屋といっても、須賀商会（現須賀工業）は、甲子園球場や総理大臣官邸（現総理大臣公邸）といった建物の工事にもかかわる全国規模の会社だった。須賀自身、建築史の授業に夢中になったり、生まれかわったら建築史家になりたいと話したこともあったから、ひょっとしたらそんなところに家業が影響したのかもしれない。

パリに留学したはずの須賀が、夏休みとはいえ、なぜイタリアにいるのか。そ

答えは水道橋。アーチの向こうに見える煉瓦色の建物が外国人大学。

ヨーロッパで迎えた2度目の夏に
須賀が通った外国人大学。

れを説明するには、すこし時間を戻さなければならない。須賀がフランスに留学したのは1953年のことである。日本では大学院にかよってはいたが、進むべき道も定まらず、そのころ盛りあがっていたフランスの神学運動に対する、焦るような、なにかにつきうごかされるような気持ちだけに後押しされて、両親を説得し、自分自身も納得させ、ヨーロッパ行きの船に乗った。しかしパリにはなじめなかった。

〈夏休みには、イタリアに行ってみよう。そんな考えに私はたどりついた。自分の中で育ちたがっている芽がいったいなんなのか、それを見きわめるためには、化石のようなアカデミズムにがんじがらめになって先が見えないままでいるよりは、もっと自然にちかい状態に自分を解き放ってみたい。あたらしい展開をとげるためには、強力な起爆剤が必要なようだった。イタリア語を勉強することによって、なにかが動くかもしれない〉(『ヴェネツィアの宿』)。行き先は、友人のすすめでペルージャに決めた。ローマに向かう鉄道の中でイタリアの労働者たちがしゃべる言葉を耳にして、関西人のアクセントにそっくりだと思った。

ペルージャで得たものは大きかった。イタリアの言葉、イタリアの詩、ウンブリア地方のあかるい空に、下宿先のカンパーナ家の人たちとの交流。

須賀が明るい気持ちで歩いたであろう「極楽通り」[28頁]は、カンパーナ家のほど近くでみつけた。名前を裏切らないへんな階段道で、のぼりきると、見上げたときには行き止まりに見えた壁の右手に、細く暗く急な階段がつづいている。べつに、下からぐるっとまわるルートもあって、やっぱり同じ場所にたどり着く。階段か、坂道か。距離は階段のほうがみじかいだろう。まあどちらにしても暑いさかりに歩くのはちょっとという道なのだが、イタリア語が関西弁に聞こえるくらいだから、須賀はこの〈なにか京都あたりの町並を想像してしまう〉極楽通りに、たぶんやられてしまったに違いない。

Roma
Scalèa di Santa Maria in Aracoeli

ローマ アラチェリの大階段

アラチェリの大階段は、カピトリーノの丘とヴェネツィア広場というふたつの名所にはさまれて、でも、どこか毅然とした風格をもつ。

それでも、この階段がまるで一冊の本みたいに私のなかに根をおろしているのは、いったいどういうわけなのだろう。まるでなつかしい友人をたずねるように、しげしげとあの階段を登っていたころが、じぶん自身をいちばん扱いかねていた時期と重なっていたことに繋がっているのだろうか。すぐうえにある教会のバンビン・ジェズの像が、がまんできないほど俗っぽいように、聖と俗がたえずいりまじるローマという言語体系のなかで、もしかしたら、アラチェリの大階段だけが、思いがけない聖の表象として私のなかに刻みこまれたというのか。一段、一段、息をきらせて階段を登るという行為を、あのころはどちらをむいても虚像でしかなかった人生の代償として、私は、ほんとうの時間を埋めているつもりで、ただそれを摩滅させ浪費していたのではなかったか。

✣『時のかけらたち』

朝の陽光のなか、ずっと遠くに、しずかに息づいている、サン・ピエトロの白い大理石の円屋根にいたる甍の波をみる度に、この永遠の都の気高さに、その豊かな美しさに、思わず手をうって喜びのこえをあげたくなるのは、私だけでしょうか。

✣「ローマの聖週間」

アヴェンティーノの丘にある通称「オレンジの公園」から、ヴァチカンのサン・ピエトロをのぞむ。引用は30歳のときの文章で、ここからの眺めについてやや興奮気味に書かれている。近くにはローマでかよっていたサンタンセルモ教会がある。

コロッセオ、フォロ・ロマーノ、パンテオン……。ローマを歩くと、いやでも古代にぶつかる。

しかし、須賀敦子が古代について私たちに語りかけるのは、フランスの作家マルグリット・ユルスナールと、彼女の書く皇帝ハドリアヌスに魅せられて筆をとった、『ユルスナールの靴』（1994年連載開始）を待たなければならない。ローマに住んでいたころの須賀にとって、古代は〈キリスト教史の裏側〉にすぎなかった。

1955年にパリ留学から戻ったあと、須賀は、東京でアパートを借り、NHK国際局のフランス語班で嘱託として働いていた。たぶん求めていた仕事ではなかったのだろう、もとより結婚する気もなかったので、友人に教えてもらった〈怪しげな〉奨学金の話にとびついて、3年後にはローマへ旅立った。イタリアになんてなにしに行くの、という時代だったが、英語もフランス語も自分の言葉ではないと悟り、イタリアに魅せられていた須賀にとって、ローマはわるくない留学先だった。こうして須賀は29歳から31歳のまる2年を、ローマで暮らすことになる。

この時期須賀は、『聖心《みこころ》の使徒』にいくつかエッセイを発表している。キリスト教団体発行の雑誌ということもあるだろうが、そこには人生や信仰に迷う日々ではなく、教皇を「パパ様」と慕い、教会に胸を躍らせてかよう、明るい日々が綴られている。朝日にかがやくサン・ピエトロは、そのときの須賀にとってたしかに〈聖の表象〉だったはずだ。でもそのころのことを、晩年になって〈虚像〉だったとふりかえる。よろこびを綴りながら、やはり須賀はもがいていた。時を経て須賀の心にのこったのは、サン・ピエトロではなく、カピトリーノの丘の横にひっそりと存在するアラチェリの大階段［32／33頁］だった。須賀は、おそらくそこに神がいると感じていた。

〈どこか投げやりで、こころをやすませてくれる、ゴシックとは呼ばれても、様式の本質を忘れて、なお平然と笑っているようなファサード。このなかに逃げこめば、たとえ祈りを知らなくても、罪にまみれていても、かくまってもらえるかもしれない〉（『時のかけらたち』）。

120段をこえる急な階段をのぼって、サンタ・マリア・イン・アラチェリ教会の前に立ったときの感覚を、須賀は「深い」ものだったと書いている。彼女は信仰にかぎらず、詩や音楽や絵についても、「深い」出会いを求めていた。この「深さ」について、よく話していたのは、ローマで交流のあった彫刻家ペリクレ・ファッツィーニだった［107〜112頁参照］。須賀が足繁くかよったファッツィーニのアトリエは、スペイン階段［36頁］の近くにあって、須賀はこの階段を愛し、よくのぼりおりして楽しんでいた。

若い須賀の心にひびいたもっとも古い時代のものは、1〜5世紀につくられていたカタコンベ（地下墓地）だった。ローマに40以上あるというカタコンベの中で、須賀がよく行ったのは、サラリア街道に

聖なる教会の中で須賀が出会った、あまりに俗なバンビン・ジェズ。この幼子イエス、じつは1994年に盗難に遭っており、これはレプリカ。サンタ・マリア・イン・アラチェリ教会蔵

スペイン階段はいつ行っても観光客で大にぎわい。須賀は、群衆がいてはじめてこの階段は完成するのだと言った。

あるプリシッラのカタコンベ。ファッツィーニの助手だった友人の小野田はるのさんがここで洗礼を受けたときは、代母になってつきそった。

　プリシッラのカタコンベは地下1階と、のちに拡張された地下2階の2層から成り、カタコンベのなかではもっとも広大なものと言われる。内部は迷路のようになっていて、大部分は闇に包まれ、冷たく、そのぶんだけ死が身近に感じられたのだが、須賀はここを訪れて、〈何百年も前、ここに集まった人々と自分たちの近さにはっとする〉（「カタコンブのことなど」）と書いたのだった。最古と言われる3世紀の聖母子像［左頁］も、小野田さんが聖体を拝領した場所にある最後の晩餐図も、ついでのような、控えめなものではあったものの、須賀にとってはここは異教のはびこる古代ではなかった。

プリシッラのカタコンベ［左］にある最古といわれる聖母子像。実際は90度右に回転した状態で壁の隅に描かれている。
3世紀初頭
foto Archivio PCAS

実際は、ハドリアヌス帝が建てたパンテオンやサンタンジェロ城も、ほとんどかわらない時期に存在していたのだけれど。皇帝のものとはいえ、サンタンジェロ城もやはり墓で、墓に至るまでの螺旋階段（スロープ）は、キリスト教を示すものはもちろん、飾りめいたものはなにひとつない、1本の暗い道だった。60歳を超えた須賀は、その螺旋階段をのぼりながら、自分が通ってきた長い暗闇のような時を考える。それはローマに住んでいたころの須賀はまだ知らなかった、暗くて長いのぼり道である。

　プリシッラのカタコンベを出て、ここを守っているらしい年をとったシスターに、小野田さんの洗礼のことを話すと、少し考えてから、自分はいなかったけれど、そういう話を聞いたことがあると言い、そういえば、と、ある時期日本人の女の人がよく来ていたと教えてくれた。

「そう、1963年ころかしら」。

　須賀はそのとき、ミラノでつかの間の平穏を手にしていた。

私をつよく惹きつけたのは、皇帝じしんの設計になるとまでいわれる、いくつかの稀有な規模の建造物の、非凡といってよい独創性とこれを支える暗い火のようなエネルギーだった。

✣『時のかけらたち』

古代へ

焼失にともない118〜125年にハドリアヌス帝が再建したパンテオン。須賀はこの内部空間に魅せられていた。〈すべてがうまく運んだ日は、あの、あらゆる天井の思想を笑いとばすような、まるい「穴」を仰ぎ、世界の重みから私を守ってくれるような「内面」を愉しむことができた〉（『時のかけらたち』）。

『ユルスナールの靴』のなかで、須賀は、皇帝の、ユルスナールの、そして自分自身の人生を思いながら、このサンタンジェロ城の螺旋階段をのぼる。そして思う。〈私のよこで笑いさざめいている陽気な観光客たちには、別の、もっと明るい登り道が、そっと用意されていたのではなかったか〉と。

Milano

ミラノ
坂のない街

朝6時のミラノ中央駅。方角はちがうが、空気の澄んだ冬の日にはアルプスの山々がのぞめるという。

DEDICATVM S.CAROLO MDCCCXLVII

EBRAISMO

LIBRERIA
SAN CARLO

書店と市電とムジェッロ街

須賀敦子は坂道をたくさん書いた作家だったから、ミラノが平野だと知ったときは意外な気がした。けれど、彼女の人生を考えたとき、夫と暮らしたミラノの6年間ほど、平和で満ち足りていた日々はなかったのではないかと思いあたって、それはふしぎな一致に思えた。

ミラノでの美術体験についてはほとんど記述がないので、須賀がミラノで親しくしていた方のなかに、彫刻家の山縣壽夫《やまがたひさお》さんと、夫人で画家の慧子《としこ》さんの名前を見つけて、もしかしたらなにかご存じかもしれないと、お話をうかがうことにした。なんとおふたりはつい2週間前、アクイレイアに旅行してきたばかりだという。アクイレイアは須賀が新婚旅行で訪れた場所で、「むかし須賀さんからすばらしいと聞かされていましたが、たしかに、いままで見たローマ時代のモザイクではいちばんよかった」ということだった。アクイレイアはローマ帝国のなかでも十指に入る大都市で、港町として栄えた。モザイクというのは、そこの聖堂をかざる床モザイク［48／49頁］のことで、動植物や海の魚、人の姿などが床いちめんをおおっている。ローマ時代のものとしては最大級の規模をほこる上に、発掘

この都心の小さな本屋と、やがて結婚して住むことになったムジェッロ街六番の家を軸にして、私のミラノは、狭く、やや長く、臆病に広がっていった。

✣『コルシア書店の仲間たち』

コルシア書店が間借りしていたサン・カルロ教会。正面右手に書店の入口［下右］がある。夫ペッピーノも、書店のリーダーだったダヴィデ神父もこの教会で葬儀がおこなわれた。店内のかたちも書棚の配置も、コルシア書店のままだという。

［上・左］
ムジェッロ街。結婚していた頃は夫婦そろって〈夏休みで街がしんとしてしまっても、ムジェッロ街の家にこもって本を読んでいることがほとんど〉（『ヴェネツィアの宿』）だった。

1結婚して住んだムジェッロ街6番地のアパートメントの入口。2かつて「色あせたグリーン」だった市電はオレンジ色に変わり、さらに新型の車種に変わりつつある。3よく手紙を出したり新聞を買いに行ったりしたリナーテ空港。4戦後、ほとんど埋め立てられてしまったナヴィリオ運河の名残。5ミラノ人の「格好の散歩道」ガレリア。6コルシア書店のパトロンだったツィア・テレーサの部屋から見えたという庭園。

は20世紀にはいってから、つまりそれまでは土に埋もれていたから、いい状態でのこっているということだった。須賀は大挙して泳ぐ魚のモザイクに庶民の遊び心をよみとって、教会がまだ〈明るくて健康な生活の声と色に満ちた集いの場所であった〉（「教会と平信徒と」）ころに思いをはせ、同時に、これからこの魚たちを食卓に供する自分たち夫婦の暮らしを思った。

　アクイレイアにはぜひ行こうと決めたが、山縣さんご夫妻も、そのほかについてはあまりご存じではなかった。ミラノは戦後急速に発展した都市で、芸術の遺産は少ないほうだ。須賀が文章に書かなかった、それがすべてを物語っているのかもしれない。そういうわけで、美術と坂道をテーマに須賀敦子の足跡をたずねようと意気込んでイタリアに来たものの、ミラノでは、とりあえず著書に出てくるアンブロジアーナ美術館と、ポルディ・ペッツォーリ美術館を見て、あとは故人

1

2

3

4

5

6

に挨拶するような気持ちで、ゆかりの場所をたずねあるくことにした。

まずはやっぱりコルシア書店［42頁］。運営していたのはカトリック左派のグループで、正式名をコルシア・デイ・セルヴィといい、1946年ころから、ひらかれた教会を目指して講演や出版、討論会などの活動を展開していた。須賀は日本で働いているときに、イタリアの友人から彼らの出版物を送られて、『聖心の使徒』にその翻訳を載せるなど、強い関心を寄せていた。

実際に交流をもつようになるのはローマに来てからで、リーダーのひとり、ダヴィデ・トゥロルド神父と知り合い、やがてグループの会合に出席するようになる。メンバーやパトロンとも交流をふかめ、そのなかのひとり、実務面で書店を支えていたペッピーノとは結婚を約すまでになった。須賀は彼らとの出会いについて、〈パリとローマの中間に、私は絶えず自分を育ててくれる土地をみつけた

大聖堂を南側からながめる。この大聖堂について、須賀は〈地上に置きわすれられた白いユリの花束をおもわせる〉（『コルシア書店の仲間たち』）と書いた。

と思った〉（「〝日本のかおり〟を訳す」）と書いている。１９６０年、須賀はミラノに住まいを移し、次の年、ペッピーノと結婚した。

　コルシア書店は大聖堂［上］にほど近い、サン・カルロ教会の中にあった。ペッピーノが亡くなってから、過激な路線をとるようになり、立ち退きを求められて移転、店名を変え再出発したが、１９９１年に閉店した。いま、教会の同じ場所にあるサン・カルロ書店には、ダヴィデの著書が並んでいて、聞けば、コルシア書店の精神をひきついで運営しているということだった。

　次の日は、暮らしていたあたりをたずねようと、まず須賀が異国の空気を求めて出かけたというリナーテ空港に行き（あたりまえだけれど、ただの空港だった）、夫の実家の旧鉄道官舎の近所を歩いて（いまも町はずれという感じ）、ふたりが住んでいたムジェッロ街と、ついでにマルティーニ広場の水曜市にも寄って、最後はオ

ツィア・テレーサから結婚祝いに送られた6枚の絵のうちの1点。19世紀英国のものだという。3冊目のエッセイ集『ヴェネツィアの宿』のカヴァーをかざった。

レンジ色をした市電にゆられて大聖堂の近くで降りた。前日たずねた書店界隈と、いま歩いてきたムジェッロ街のあたりが、ペッピーノと暮らしていた時期の須賀が、もっとも多くを過ごした場所である。ペッピーノは旅行嫌いで、休みといってもふたりで家で過ごすことが多かったらしいが、彼は幅広く深い教養の持ち主だったから、旅でなにかを得る以上に、須賀は多くのことを学んだはずだった。

ミラノの大聖堂を見たとき、須賀がイタリア人を〈石を粘土細工のように使って遊んでしまう〉(『時のかけらたち』)と書いたのが、よくわかるような気がした。須賀はしばしばヨーロッパの文化を、石の文化だという。石を積み上げた建物と、石を敷き詰めた道路。その文化に〈とりかえしがつかないほど、深く侵蝕されていた〉(同前)という須賀の言葉を思い出しながら、そのあとは、どこの町でも、注意して地面を見るようにした。

Aquileia

モザイクの海
アクイレイア

聖堂は11世紀に建てられた。須賀はこの建物を見て、船のようだと思う。16世紀の三葉飾りの船底天井の下に、生き生きとした魚たちが描かれる。

[上2点/右]床モザイクは4世紀前半のもの。

[右頁]新婚旅行でおとずれたアクイレイアで、須賀は魚のモザイクに心をうばわれた。〈内部空間の高貴な美しさとは対照的に、庶民の遊び心がちらつくモザイクのサカナたちを、私は敬意を表して眺めた〉(『地図のない道』)。

石の思想

地域によって石の種類も、かたちもさまざま。右頁右上から時計回りに、ミラノのスフォルツァ城近く、同城内、シエナのカンポ広場、ミラノの大聖堂近く。左頁、同じく右上から、ローマのスペイン階段、トリエステの城へいたる道、ヴェネツィアのザッテレ河岸、ローマの歴史ある道のひとつヴィア・ジュリア。

Firenze

フィレンツェ
急がないで、歩く街

須賀敦子がフィレンツェにもっとも長く滞在したのは、おそらく49歳ころのことで、詩人ウンガレッティについて調べるために国立図書館にかよっていた。アルノ川沿いの、鐘楼がふたつある建物が国立図書館。

[右頁]須賀がはじめてフィレンツェをおとずれたとき、唯一心に残ったのはこの〈自由で闊達〉なボボリ庭園だった。16世紀に設計された壮麗なイタリア式庭園だが、脇にはいると猫が散歩するような小径もあって、歩くのが楽しい。
[左頁]朝7時のアルノ川。川面が鏡のようになって雲を映しだす。

優美の極限
シモーネ・マルティーニ

須賀敦子の読者にとってフィレンツェはそれほどなじみがない土地かもしれない。でも彼女の人生を注意深くたどっていくと、ボボリ庭園［54頁］にもフラ・アンジェリコ［58／59頁］にもマザッチョ［60／61頁］にも、早くから心を奪われていたことがわかる。仕事の打ち合わせでやってきたのに、町が見たくてうずうずしたり、あの名作揃いのウフィツィ美術館に、シモーネ・マルティーニの《受胎告知》［上／右頁］だけを見に出かけたり。

須賀のイタリアとのかかわりは、24歳のパリ留学時にはじまり、つぎにローマに留学し、結婚してミラノに住んだ13年間、そして帰国後、研究や創作のために出かけた時期と、3つにわけることができるが、そのどの時期にもフィレンツェをおとずれて、お気に入りを見つけては、心に刻んでいたようだ。

須賀はまた、〈なんどもおなじ通りを歩くうちに、だんだん、建物のつくられた時代までが、すこしずつわかるようになり、この建物は、むこう側のあれよりも、ルネサンス度が純粋だ、というふうな判断がうまれてくる〉（「フィレンツェ——急がないで、歩く、街。」）と書いているけれど、エッセイを読んでいると、フィレンツェにかぎらず、彼女は歩くことで、あるいは、歩きながら、いつもなにかを得ているように見える。

須賀敦子がもっとも好きだった受胎告知像のひとつ。受胎したことを告げられたマリアは、全身をかたくし、ぐっとマントをかき寄せる。須賀はこの絵を〈優美の極限〉と評した。
《受胎告知》 1333年　テンペラ、板　265×305cm
ウフィツィ美術館蔵（右頁は部分）
Su concessione del Ministero per i Beni e le Attività Culturali
現在、ウフィツィ美術館が所蔵するこの作品は、もとはシエナ大聖堂のサンタンサーノ礼拝堂にあった。

清澄な光
フラ・アンジェリコ

サン・マルコ美術館はもと修道院で、小さな宿坊の壁に描かれた絵をひとつひとつのぞきこむようにして見る。若いころ、須賀敦子は、自分のえらぶ道はフラ・アンジェリコの描く清澄で天使的な明るさにみちたものでしかありえないと信じていたという。
《受胎告知》　１４４０～４１年　フレスコ
１８７×１５７cm
Su concessione del Ministero per i Beni e le Attività Culturali（左頁も）

修復によってフラ・アンジェリコ本来の光を
とりもどした《キリストの神殿奉献》。
1440〜41年　フレスコ
151×131cm　サン・マルコ美術館蔵

［上］ある年の冬、毎朝雪の道を歩いて通っていたというフィレンツェ国立図書館。
［下］ピッティ宮殿の中庭。宮殿の背後には広大なボボリ庭園が広がる。

街中が美術館みたいなフィレンツェには、「持って帰りたい」ものが山ほどあるが、どうぞお選びください、と言われたら、まず、ボボリの庭園と、ついでにピッティ宮殿。絵画ではブランカッチ礼拝堂の、マザッチオの楽園追放と、サン・マルコ修道院のフラ・アンジェリコすべて。それから、このところ定宿にしている、「眺めのいい」都心のペンションのテラス。もちろん、フィエゾレの丘を見晴らす眺めもいっしょに。夕焼けのなかで、丘にひとつひとつ明かりがついていく。そして、最後には、何世紀ものいじわるな知恵がいっぱいつまった、早口のフィレンツェ言葉と、あの冬、雪の朝、国立図書館のまえを流れていた、北風のなかのアルノ川の風景。

✣「フィレンツェ――急がないで、歩く、街。」

サンタ・マリア・デル・カルミネ教会にあるブランカッチ礼拝堂。
須賀は向かって左の柱上部に描かれたマザッチョの《楽園追放》
（右頁左参照）がとりわけ好きだった。
［右頁左］マザッチョ《楽園追放》　1424～1427年頃
フレスコ　208×88cm
サンタ・マリア・デル・カルミネ教会

Venezia

ヴェネツィア　橋

ルチッラとの思い出のグリエ橋。

海沿いの道にかかった橋の石段を、登っては降りる自分の足音が、私を遠い春の日に連れ戻した。黒いマントを着た小柄なルチッラの足音だった。（中略）前年に夫が死んで、私はまだ足をひきずるような感覚で暮らしていたのを、ある晩、仲間の集会で紹介されただけのルチッラが、あした、ヴェネツィアに行くのだけれど、いっしょに来ない？　とさそってくれた。わたし、ヴェネツィア生まれなのよ。ちょっと親類に用があって行くのだけど、そう彼女はいった。ヴェネツィアには、まだ行ったことがなかった。でも、興味が湧いたのでもなかった。ミラノを離れるのなら、どこだってよかった。誘いにすがるようにして、私は早朝のミラノ駅から彼女と列車に乗りこんだ。

✣『時のかけらたち』

［上］大運河にかかるアカデミア橋。
［下左］力くらべのための立ち位置を示した足跡（右の写真）がのこるゲンコツ橋。

夢でないヴェネツィア。まるでアリジゴクに墜ちた小さな昆虫のように私はヴェネツィアの悲しみに捉えられ、それに寄り添った。

✣『時のかけらたち』

ゲットーへわたる橋の上から。

細い道やトンネルみたいな道はヴェネツィアならでは。上右はゲットーの入口、上左は「インクラビリのうしろの小路」。

ゲットーの中心にある広場。須賀が〈みっともないのも承知で、ばたばたと走ってくるのに〉（『地図のない道』）何度も見学ツアーを断られた博物館があるのがここ。

私たちがヴェネツィアをおとずれたときは、観光シーズンまっさかりで、人も多く、迷路のような細い道も、冗談みたいな小さな橋も、よくできたテーマパークみたいで楽しかった。ヴェネツィアを象徴する橋のなかで、須賀敦子がとりわけ好きだったのは、大運河にかかる木製のアカデミア橋［63頁］で、〈すべてがきっちりと計算されなければならない狭隘《きょうあい》なヴェネツィアの街で、しばらくのあいだだけ、ということで仮設のまま今日に到ったといわれるこの橋の、野心の無さみたいなものが、私をほっとさせる〉（『地図のない道』）と書いた。

　ヴェネツィアを知ったころ、須賀は、観光客にまじって、つぎつぎにあらわれる橋をのぼったりおりたりしながら、この街の夢のような部分にひたった。ただし、他の観光客とちがうところがあったとしたら、ひとつだけ、須賀はそのころ、夫をなくしたばかりだった。

　ヴェネツィアでの須賀は、いつもより音に敏感だ。橋をのぼりおりする音、運河の水が煉瓦の岸にあたる音、雀の囀《さえず》りみたいなヴェネツィア言葉、石畳を行く人の靴音。橋が多いのも、水音がするのも、声や靴音がひびくのも、ここが島、しかも海に木組みと泥を埋めただけのあやうい土台に成り立つ島だからだと気づいたとき、須賀はこの街の虚構性を、悲しみとともに思った。

〈途方もない夢を現実と交換して生きてしまったヴェネツィアが、ふと、忍びよる滅亡の運命の重みを感じて、正気の溜息をもらすことがある。いつか、ホテルの枕もとで私が耳にした、あのひそやかな水音は、そんな瞬間のヴェネツィアの呟きだったような気もする〉（『ミラノ　霧の風景』）

　自身の悲しみは、ヴェネツィアの悲しみに呼応して、やがて虐げられた人々に対する共感へとつながっていく。そのひとつがユダヤ人街ゲットーであり、また娼婦であった。エッセイ「ザッテレの河岸で」（『地図のない道』）は、ヴェネツィアの華やかな歴史のうらにかくされた、娼婦たちへの関心から書かれたものである。そのなかで、須賀は、ヴィットー

ザッテレ河岸からジュデッカ島のレデントーレ教会を眺める。須賀がヴェネツィアでもっとも愛した風景。

この作品が高級娼婦でなく「ごくふつうの婦人」を描いたものだと知った須賀は、「ザッテレの河岸で」で自分なりの反論を呈している。
ヴィットーレ・カルパッチョ《ふたりのヴェネツィア婦人》
1510年頃　油彩・テンペラ、板　94×64cm
市立コッレール博物館

旧友で日本文学者のアドリアーナと歩いたザッテレ河岸。

レ・カルパッチョが描いた彼女たちの肖像［上］を市立コッレール博物館に見に出かける。ヴェネツィア派の絵画では、ティントレットやティツィアーノはあまり好みではなかったようだが、カルパッチョのことは「聖ウルスラ伝説」の連作［左頁］にふれ、その色づかいや、図形化された人々の姿が好きだと書いている。須賀はその日、目当ての絵の前に立つと、まずそのカルパッチョらしからぬ作風におどろき、つぎに現在ではそれが娼婦で

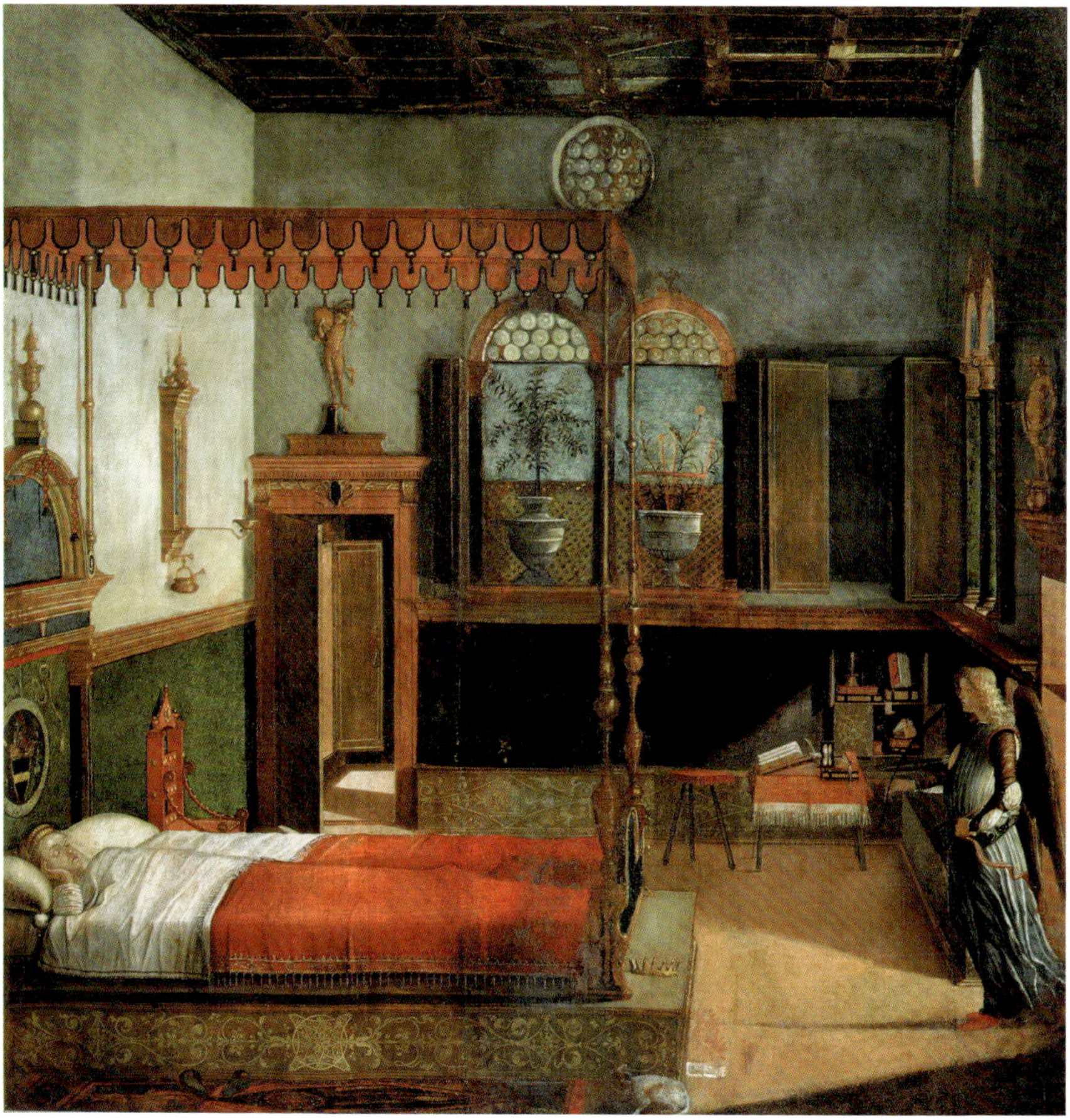

右頁の作品に比べて、〈どこかフランドルの画家たちの影響を思わせる〉（「ザッテレの河岸で」）と須賀が書いた「聖ウルスラ伝説」のうちの1点。
ヴィットーレ・カルパッチョ
《聖ウルスラの夢》　1495年
油彩、カンヴァス　274×267㎝
アカデミア美術館

はなく、良家の婦人を描いたものだとされていることを知り、なんとなく腑に落ちない気持ちで博物館をあとにする。

話はつづく。須賀はそのあと、梅毒に冒された娼婦たちが閉じこめられたという病院をさがして、ザッテレ河岸の近く、インクラビリと名付けられた運河のあたりを歩く。インクラビリは「治る見込みがない病人」という意味で、同じ名前の病院が近くにあったはずだった。須賀は、河岸に出て、〈私がヴェネツィアでもっとも愛している風景〉、運河の向こうにそびえるレデントーレ教会［67頁］の正面に立つ。そうして、この教会になぐさめられていただろう病者たちを思い、〈彼女たちの神になぐさめられて、私は立っていた〉と書いて筆をおく。この最後のシーンは、数あるエッセイの中でもとりわけ印象的なものなのだが、しかし、そう書いた2年後、同じ出来事を書いた別のエッセイのなかで、須賀はややためらいながら、〈彼らはほんとうに慰められたのだろうか〉（『時のかけらたち』）と書くのだ。

レデントーレ教会は、16世紀の建築家アンドレア・パッラーディオの設計で、1576年に猛威をふるったペストの犠牲者のために建てられた。この建築家の代表作に数えられる建物だが、長らくこの種の幾何学的な建築物を、皮相的で冷たいとしか感じられなかった須賀は、病院と教会のあいだに立って、はじめてその意味を理解する。〈パラディオは、もしかしたら、完璧なかたち以外に、人間の悲しみをいやすものは存在しないと信じていたのではなかったか〉（同前）と。

[右]トルチェッロ島のサンタ・マリア・アッスンタ大聖堂。
[左頁]聖堂後陣でかがやく、金色の聖母子像。12世紀末
撮影＝筒口直弘

たとえ、水の、病の脅威に打ち勝つことはできなくても、完璧な虚構のなかにいれば、悲しみは癒されるのではないか、と。

しかし、須賀はパッラーディオのこの思想を大切なものに思いながら、究極のところ、その思想のなかでは自分の悲しみは癒せないことに、あらためて気づいたのではないだろうか。それは、街の完璧な虚構のなかで、未完成のまま、まわりからとりのこされてしまったアカデミア橋を慕う気持ちに通じる。

須賀敦子はヴェネツィアを愛していたが、その虚構の中で夢を見つづけることはできなかった。彼女がほんとうに求めていた思想はなんだったのだろうと考えて、ヴェネツィアから船で1時間ほどのところにあるトルチェッロ島の聖母像[左頁]が目にうかんだ。それは、須賀がある暑い夏の日におとずれて、おもわず魂をうばわれそうになった、金のモザイクの聖母像である。

トルチェッロの聖母

それまでに自分が美しいとした多くの聖母像が、しずかな行列をつくって、すっと消えていって、あとに、この金色にかこまれた聖母がひとり、残った。これだけでいい。そう思うと、ねむくなるほどの安心感が私を包んだ。

✣『地図のない道』

Trieste
Via del Monte

トリエステ 山の通り

サバ*が書店主だったこと、彼が騒音と隙間風が大きらいだったこと、そして詩人であったことから、私のなかでは、ともするとサバと夫のイメージが重なりあった。しかもその錯覚を、夜、よくその詩を声をだして読んでくれた夫は、よろこんで受入れているようなふしがあった。トリエステには冬、ボーラという北風が吹く。夫はその風のことを、なぜかなつかしそうに話した。瞬間風速何十メートルというような突風が海から吹きあげてくるので、坂道には手すりがついていて、風の日は、吹きとばされないように、それにつかまって歩くのだという。「きみなんか、ひとたまりもない。吹っとばされるよ」と夫はおかしそうに言った。

『ミラノ 霧の風景』

*ウンベルト・サバ。20世紀イタリアを代表する詩人。

トリエステは海に面した町で、くだり坂の向こうに〈海の切れはし〉が見え隠れする。この町で須賀はサバを思い、夫を思い、そして故郷を思った。

[右頁]サバがうたった山の通りは、ユダヤ人墓地があった道で、また、300年前には処刑場があって、「絞首台通り」とも呼ばれた悲しい通りだった。

サバがはじめた古書店「ふたつの世界の書店」は、サバ亡きあと、ウンベルト・サバ書店としてつづいている。須賀が会った店主のマリオ氏も健在だった。

〈すべての真の芸術作品とおなじように、サバの詩は、まんまと私を騙しおおせていたのに違いない〉（『イタリアの詩人たち』）

これは、いつだったか須賀敦子が、なにかべつの用事でトリエステに出かけたとき、町のなかに詩人ウンベルト・サバ（1883〜1957）の姿をさがしまわった末に、たどりついた結論である（それにしても、私たちも何度須賀敦子に「騙された」ことか）。のちに「トリエステの坂道」（『トリエステの坂道』）で、ふたたび、今度ははっきりとサバの足跡をたどることだけを目的にしてトリエステにやってきたときも、だから、彼女は、町のなかにサバがいないことはわかっていた。

〈押し殺せないなにかが、私をこの町に呼びよせたのだった。その《なにか》は、たしかにサバの生きた軌跡につながってはいるのだけれど、同時にどこかでサバを通り越して、その先にあるような気もした〉（『トリエステの坂道』）

〈なにか〉は、当然、須賀自身につながるものでもある。数年後の『ユルスナールの靴』でも、そしておそらく、晩年書きはじめていた小説のなかでも、対象となる人物を追いながら、いつも自分との距離をはかっていた。トリエステでも須賀は幼いころを思い出す。

〈軽く目を閉じさえすれば、それはそのまま、むかし母の袖につかまって降りた神戸の坂道だった。母の下駄の音と、爪先に力を入れて歩いていた靴の感触。西洋館のかげから、はずむように視界にとびこんできた青い海の切れはし〉（『トリエステの坂道』）

須賀が追ったサバのあとを、さらに私たちが追うのは、なんだかへんな感じだったが、部屋も須賀が泊まった同じ丘の上のホテルに予約して、まず、サバがうたい、須賀が歩いた「山の通り」［72頁］を探してから、詩人が経営していた古書店ウンベルト・サバ書店［上］に行くことにした。

山の通りは、サバと、サバの血にまじるユダヤ人の思いのこもった坂である。夫をなくして悲しみに寄り添うことを知

サバと同時代のトリエステの画家ヴィットリオ・ボラッフィオによるサバ。〈なにか、思い迷っているかのように首を少し曲げ、それでも生来の誠実さがはっきり出ている〉（『ミラノ 霧の風景』）。
1921年頃　油彩、カンヴァス　75×100cm

ボーラ通り。ボーラは冬のトリエステに吹く有名な風。
この町は詩人ウンベルト・サバと、亡き夫との思い出につながるたいせつな町だった。

った須賀は、悲しみを背負ったユダヤ人と彼らの歴史に深い関心を寄せていた。サバがよんだユダヤ人墓地は、いまはキリスト教のものになっていたが、その反対側にはユダヤ博物館がひっそりとあった。

サバ書店に着くと、松山さんはイタリア語で彼の詩を読みたがった。意味はわからないけど読めるでしょと言って。須賀もよろこんで同意したことだろう。サバのよさは「カンタビリタ」（歌唱性）にあると言っていたから。でもウンベルト・サバ詩集は、ウンベルト・サバ書店にはなくて、しかたなく、べつの書店で買うことにした。

山の通りもサバ書店もすぐに見つかったので、あとはのんびりと海沿いを歩き、丘の上のホテルに帰る道すがら、〈海の切れはし〉［73頁］をながめたり、須賀とペッピーノが話していたボーラという名の坂道［上］をみつけてよろこんだりした。

須賀敦子の坂道をたどろうと思ったとき、なぜだか彼女はいつものぼってばかりいるような気がした。実際はもちろんそんなことはないのだけれど、困難の多かった彼女の人生とかさなって、そう思いこんだのだった。だから78頁に引用した文章を読むと、胸があつくなる。1996年の夏のおわり、次作のための取材の帰りに立ち寄った、パリの坂道での述懐で、須賀敦子は67歳、これが最後のヨーロッパになった。

「次作」は未完のままにおわったが、その舞台だったアルザスは、やっぱりというか、坂の町だった。〈坂道の降り方〉を覚えて、彼女はまた、新しい坂をのぼりはじめようとしていた。

翌朝、湾を大きくカーブしてヴェネツィアにむかう列車の窓から、海のむこうに遠ざかるトリエステを眺めて、私は、イタリアにありながら異国を生きつづけるこの町のすがたに、自分がミラノで暮らしていたころ、あまりにも一枚岩的な文化に耐えられなくなると、リナーテ空港の雑踏に異国の音をもとめに行った自分のそれを重ねてみた。

「トリエステの坂道」

トリエステからアドリア海を望む。
サバに惹かれた須賀は、彼の軌跡を追って
この町をひとり訪れた。

Paris
Rue Clovis

パリ
サン・テチエンヌ教会の坂道

サン・テチエンヌ教会の坂道を降りながら、私は、*ふたつの国の言語をまもりつづける、それぞれの国の図書館が、自分のなかで、どうにかひとつのつながりとして、芽をふくまでの、私にはひどく長いと思えた時間の流れについて考えていた。枠をおろそかにして、細部だけに凝りかたまっていたパリの日々、まず枠を、ゆったりと組み立てることを教わったイタリアの日々。さらに、こういった、なにやらごわごわする荷物を腕いっぱいにかかえて、日本に帰ったころのこと。二十五年がすぎて、枠と細部を、貴重な絵具のようにすこしずつ溶かしては、まぜることをおぼえたいま、私は、ようやく自分なりの坂道の降り方を覚えたのかもしれなかった。

『時のかけらたち』

*若い頃かよったパリの大学図書館とフィレンツェの国立図書館。

[右頁]1996年のパリが、須賀の最後のヨーロッパになった。奥に見えるのがサン・テチエンヌ教会。撮影＝菅野健児

1 未完の長編「アルザスの曲りくねった道」の取材で訪れたフランス、アルザス地方コルマールの旧市街にて。

2 町を案内してくれたヘルムステッテル氏。本業はなんとパン屋さん。

3 ブドウ畑の中を行く「曲りくねった道」。

4 アルザスの守護聖人、聖オディールを祀るモン・サン・オディール修道院。

撮影＝鈴木力（この頁すべて）

4

須賀敦子のイタリア地図

ITALIA

Udine ウディネ

1961年11月15日、コルシア書店の仲間ダヴィデ神父が司祭をしていた教会で、ペッピーノと結婚式を挙げる。

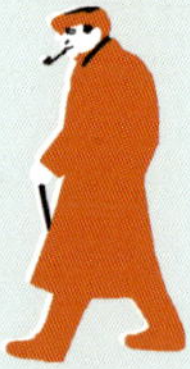

Trieste トリエステ

夫ペッピーノが愛した詩人ウンベルト・サバの故郷には、夫の死後、1969年夏に初めて赴く。90年2月に再訪、あらためて詩人の足跡をたどった。

Aquileia アクイレイア

結婚式の5日後、ダヴィデ神父に案内されて大聖堂の魚のモザイクを見る。

Venezia ヴェネツィア

夫ペッピーノが必ず敦子を連れて行くと言っていた場所のひとつだが、訪れたのは夫の死後。やがて、夢のようなこの島の暗い部分にひきこまれることに。

Arezzo アレッツォ

ルネサンスの画家ピエロ・デッラ・フランチェスカの生地。彫刻家ファッツィーニが絶賛するのを聞いてから約30年の歳月を経て、この巨匠の真髄に触れる。

Assisi アッシジ

1954年4月、パリから学生たちの団体旅行で初めて赴き、その年の夏休みには7回も足を運ぶ。留学生時代は車でアッシジに行く友人がいると、せがんで同行。

Perugia ペルージャ

1954年夏、光あふれるウンブリア地方の古都でイタリア語を学ぶ。それが敦子のイタリア語の精神的支えとなり、後にウンブリア訛りがあると言われてうれしく思う。

Napoli ナポリ

1984年、ナポリ東洋大学に日本文学科講師として招かれ、猥雑なまでに庶民的な地区のアパートメントに4ヵ月住む。

Folgaria フォルガリア

1995年、ペッピーノの弟アルドが、ミラノの実家を引き払い、移り住んだ山村。敦子の部屋も用意された。

Milano ミラノ

1960年9月、ペッピーノと婚約してローマから引っ越し、コルシア書店の一員に。67年の夫の死を経て、71年の帰国まで住みつづけた。生活圏は書店と自宅を軸とするエリア、そのどの道も思い出と結びつく。

Genova ジェノワ

1953年8月10日、パリ留学のため神戸から40日の船旅を経て、初めて踏んだヨーロッパの地。後に夫となるペッピーノとの出会いも、60年1月2日のジェノワ駅でのことだった。

Firenze フィレンツェ

1954年4月の団体旅行で初めて訪れた時は名所を回るだけだったが、いつしかこの花の都の旧市街を、用もなく歩くのが好きになった。

Siena シエナ

聖心女子大時代に伝記を読んで強くひかれた聖女カテリーナゆかりの地。市庁舎を飾るシモーネ・マルティーニのフレスコ画も大好きで、この丘の街を何度も訪れた。

Roma ローマ

パリ留学に次ぎ、1958年よりあらためてこの地に留学、フランス人修道女の営む学生寮で2年間を過ごす。60年のオリンピックでは日本の取材団の通訳もつとめた。

Illustration:Ai Noda

コラム

遺されたものたち

忙しくなる前に、
綺麗なものを見ておきたいの
――須賀敦子はそう言って、
大きな仕事が舞い込むたびに
一から着物を誂えたそうです。
大好きだった着物と、書斎まわりに
遺された愛用品のいくつかを
見せていただきました。

秋の同窓会用にと誂えた結城紬の帯。落ち着いた茶の地に、小さな菊の日本刺繍が映える。

もっともよく締めていた結城紬の帯。

更紗の刺繍がほどこされた帯。地は結城。

結城紬の訪問着で、パーティ用に誂えたもの。

大島紬に友禅で松を描いた訪問着。

［上段右から］結城紬の訪問着。まるで水墨画のような風情。／亀甲唐織風帯。西陣の唐織。ヨーロッパでのパーティなどで締めたい、と誂えた華やかなもの。／夏用の草色織帯。西陣織。
［下］紬地にすくい織の帯。細い糸で経糸をすくうように織るという繊細な技法がみごと。

［左頁上段右から］愛用していた香水はフランスのブランド、ギラロッシュのもの。／五本木の自宅に遺されていた骨董の皿。／おなじペン立てがもうひとつあり、自宅でも仕事場でもつかっていた。
［下段右から］20年以上前に、妹の良子さんがプレゼントしたタイで買った小箱。／パーカーの万年筆。原稿の執筆はワープロだった。／愛らしい天使はイタリアで求めたものだろうか？

須賀敦子はちょっとした着物道楽だったらしい。妹の北村良子さんからそのことを聞いたときは意外だった。須賀が帰国後親しくしていた「京呉服西村」の主人西村友孝さんによれば、「着物の注文があるのは、決まって大きな仕事の前。忙しくなる前に、綺麗なものを見ておきたいとおっしゃって。自分にプレッシャーをかける意味もあったようです」。

つきあいがはじまったのは1970年代のなかばで、西村さんは20代の駆け出しのころ、須賀は40代後半だった。以来、亡くなる5年くらい前まで毎年のように着物と帯とひとそろい、西村さんのところで誂えたという。

風景図の訪問着［上右］は、クリスマス用にと1年かけてつくったもので、結城紬の地に、ダンマルというむずかしい染めの技法をつかった一枚。「染めはだいたいが別注です。素材は本物以外は見向きもしませんでした」。生地は着やすく、コクのある色が出る結城や大島が好きだった。松の図の着物［83頁］は大島

地に友禅染をしたもので、当時はめずらしかった。そんなふうに半年、1年かけて最高の品ができあがり、西村さんが勇んで連絡をすると、「いま用ない」とひとことで電話を切られて呆然としたことも。「書くほうのお仕事が忙しくなられてからは、とくにピリピリしていました」。それでいて仕事が一段落すると、「あれどうなったかしら」、ひょいと電話がかかってくる。着物を手にするととてもうれしそうで、これだけは誰にもゆずりたくないと言っていたという。厳しい人だったが、会話をするのが楽しかった。「ママとイタリアが大好きで日本がちょっと好き、そういうふうに見えました」。着物好きは母親の影響だったという。

　須賀には子どもがなかったから、良子さんの子どもたちを我が子のようにかわいがった。「これが敦子ママの香り」そういって愛用の香水［上右］を教えてくれたのは、姪の真理子さんだった。誰にもあげたくないと言った着物は、最後は本人の遺志により、すべて真理子さんに贈られた。

第2章

須賀さんとの会話

松山巖
まつやま・いわお　作家

カラヴァッジョ、ピエロ・デッラ・
フランチェスカ、モランディ……
『須賀敦子全集』の編集委員もつとめた筆者が、
亡き友の愛した美術作品にみちびかれ、
あらためて言葉をかわすように綴った
イタリアからの手紙

ポートレートの前の石は、筆者が河原で拾い、入院中の須賀に贈ったもの。須賀は自分の掌に馴染むと言い、よく握っていたという。

須賀さん、ミラノに着きました。飛行機の冷房が利きすぎ、ちょっと風邪気味で、そのうえ、あまり眠れなかったのですが、気にしていた耳の痛みも軽く、体調はまあまあです。

泊まったホテルは、ハリウッドの古代史劇映画のセットを思わせる、仰々しいミラノ中央駅の傍で、空港からタクシーで近づくにつれ、なんだぁと思いました。ジオ・ポンティが設計したピレリー・ビル［89頁］がすっと駅の脇に建っているではないですか。ピレリー・ビルがミラノにあることを忘れていたのです。

現代建築についてあまり話したことはなかったですね。槇文彦さんのヒルサイドテラスについてとか、マンフレッド・タフーリの著作は読んだとか、話してくれた記憶はあります。タフーリの本は衒学的にすぎて私の方がきちんと読んでおらず、話が弾まなかった。私がルイス・カーン展について短文を朝日新聞に寄せたら、わざわざ群馬県立近代美術館まで愛車ゴルフに乗って見に行かれたと、亡くなった後ですが、聞きました。でもその話を須賀さんから聞いた覚えがないのは、カーンの仕事に感心しなかったせいでしょうか。日記を読むと、ル・コルビュジエのロンシャン教会も気に食わなかったようですね。幻滅、傲慢、精神性がないと二十世紀を代表する建築も散々です。どちらも大ぶりのデザインだからでしょうか。

それなら、戦後建築史にかならず登場するピレリー・ビルも三十二階もあり、ミラノ第一の高さですから、お気にめさなかったのかもしれません。でも、一九五八年に竣工したこのビルは、私が芸大の建築科に入学した六〇年代半ばも話題でした。私の恩師である吉村順三は青山タワービルで、また芦原義信は富士フイルム本社ビルで、このビルの空に突き刺さるような鋭角的なデザインを、平たくいえば真似をしています。

いやいや、須賀さん、私はじつはピレリーとピレッリを結びつけて考えなかったのです。

『コルシア書店の仲間たち』の印象的な書き出し〈テレーサおばさま、そう彼女のことを、書店の人たちは呼んでいた〉。あのコルシア書店の入り口でいつも椅子に座っていた、ツィア・テレーサの名はテレーサ・ピレッリ。彼女こそ、ピレッリ家の相続人であり、私がピレリー・ビルと呼ぶピレッリ・ビルは、かつて財閥の本社ビルだったのですね。これに気づいたときも、なんだぁと思いました。

いつでしたか、ピレッリ家は日本でいえば、ブリヂストンの石橋家みたいなものよ、タイヤといえばイタリアではピレッリ、だれもが知ってる名なのね、と教えてくれました。そして自然に須賀さんの五本木のお宅のリビングに飾られていた、ツィア・テレーサから贈られた鳥の絵を思い出しました。ペッピーノさんとの結婚祝いでしたから、須賀さんにとって一番親しい絵だったはずですね。

今回の旅は、須賀敦子の愛したイタリア美術を訪ねるという企画です。ずいぶん前ですが、須賀さんがヴェネツィアに行くとき、案内するから一緒に行かないかと誘ってくれました。あのときは私の都合がつかず、また逆に私がシチリアに友人たちと旅行する際は、シチリアは知らないから行ってみたいと。でも、一緒には行けませんでしたね。

じつは今回のイタリア行きも躊躇しました。美術を語るほどの素養はないし、体調にも自信がありません。なにより須賀さんの全集づくりを手伝い、あのとき、須賀さんなら、私のことより自分の仕事をしてというに違いない、そう思いながらも、あなたがどう生きてきたのか、知りたくて、読者に知らせたくて、一年半夢中になって細かい年譜を作成しました。それで私の役割は終わったつもりだった。もう須賀さんについて語ることはないだろうと、次第次第に考えるようになりました。

でもその気持ちを変えたのは、二〇〇八年の三月二十日の体験でした。

四国の徳島で開かれる、吉野川についてのシンポジュウムに出席するため、そのシンポジュウムは三日後だったのですが、徳島の友人に二十日の夕方に行くよ、悪いけれど、その間は泊めてくれと頼んで、朝に新幹線に乗りました。十年、須賀さんが亡くなって十年、命日に墓参がしたかったので、行く日を早めたのです。

静岡を過ぎた辺りからだったか、雨となり、大阪に着いたときもまだ小雨でした。乗り換えたプラットホームでは、風がつよく吹き抜いて、強風のためダイヤが乱れているという放送がありました。

須賀さんが亡くなった十年前の朝もびゅーびゅーと風が吹き荒れていたな。芦屋からタクシーに乗り、霊園に着いたのは、午前十一時半ごろ。ちょうどお彼岸でしたので、墓参の人たちが車で訪れていましたが、カトリック墓地には人の姿はなく、閑散としていました。じつは誰かいたら、見知らぬ須賀さんのファンがいたら、どうしようか、と思っていました。そんな人いるはずないよ、松山さん、と笑うでしょう。でも須賀さん、あなたのファンは多いんですよ。こういうと、いつも通り、ほんとーぉ、といって笑うかな。この十年、ひょんなところで、須賀さんの大ファンだという人たちに会いました。その度になにを話してよいのか、いつも戸惑ってね。

お墓の前に立ったとき、雨は止んだものの強風はおさまらず、おそらく二、三日前にどなたかが供えた花がまだ瑞々しいので、あらためて花を供えることはためらいました。花を墓前に置くだけでは、風ですぐに飛んでいってしまう。どなたかの供花を花入れから抜くこともできず、墓は雨に濡れていましたから、水をかけることもせず、そのまま手を合わせ、目を閉じました。ここにきたのはいつ以来だろう。須賀さんの全集が完結したときか。秋に独りで来たこともあった。でも、すでに六年は経っているだろう。そんなことを思い出しながら、須賀さんになにか話そうと思いました。

ところが、なにを話してよいのか、頭に浮かんでこない。目を開けて、お墓を見つめても、語りかける言葉は出てきませんでした。当たり前ながら、ここは須賀さんの家族の場所だと気づき、隣の墓に眠る義弟の北村隆夫さん（二〇〇〇年に逝去）に、おなじように手を合わせ、黙礼しました。建築家の北村さんとは須賀さんの縁で、近代建築史について二、三度語り合ったのに、やはり話しかける言葉は浮びませんでした。墓地の周りを見渡すと、風はまだ強く、背後の木々を大きく揺らし、上空では黒い雲が早く流れていました。妹の良子さんたちが墓参に来るのは、この悪天候だから、午後になるだろう。気遣われてもと思い、連絡もしなかったし、会えばかえって……。もう一度、お墓に黙礼し、わずか二十分ほどで霊園を後にしました。

亡くなった頃は、むろん独りごとながら、俺は須賀さんとずいぶんと話をしていた。それが今、できない。ここ数年、俺は須賀さんの本にも触れていない。時間は恐ろしい。大事な記憶さえ奪うのか。須賀さんは、それまでの人生のなかで出逢った友人と対話を重ね、もう一度生きたのではなかったか。三宮から徳島までの長距離バスに乗っている間、そんなことを繰り返し考えていました。

六月のはじめでしたか、今回の話を持ちかけられ、当初は無理だと思い、断りました。三年ほど前、眠れない日が続き、手足が痺れ、口も痺れ、病院に通いました。仕事もできず、本を読むことさえ億劫になりました。あれほど二人で本について語り合ったのに。軽いウツでした。須賀さんの口真似をすれば、このままでは、お口パクパク（生活費を稼ぐこと）も難しい。正直、困りましたね。まあ、ようやく去年あたりから仕事をする気になりました。でもまだ痺れは消えていないし、飛行機に乗ると、降りるときに耳に痛みを必ず感じるのも怖かったのです。

松山さんは臆病だから、という声が聴こえました。私が入院中の須賀さんをなかなか見舞いに行かないのを、須賀さんはそういったと聞きました。たしかにあの頃は、須賀さんがすぐにも死ぬのじゃあないかとばかり思いつめ、手紙は三日に一通ぐらいの割で病院に送りましたが、どうしても会いに行けなかった。松山さんは臆病だから。そうかと考えました。イタリアに行けば、須賀さんと再び対話できるだろうと思ったのです。

ミラノに着き、早速ピレリー・ビルを眺め、須賀さんに語りかけ、いろいろ思いだし、ほっとしました。これから入院中の須賀さんに手紙を出し続けたように、イタリアで見た美術の感想を手紙にして綴ります。あのときのように下手な絵は添えませんけれど。ではでは。

地上124.4メートル、ミラノに聳えるジオ・ポンティ設計のピレリー・ビル。1958年竣工、構造設計はピエール・ルイジ・ネルヴィ。現在はロンバルディア州庁舎となっている。
撮影＝筒口直弘

カラヴァッジョの萎れた葉っぱについて

「トーレ・ヴェラスカ」は「ヴェラスカの塔」という意味。中世建築のイメージを現代に接木したのは建築家集団B.B.P.R.。1958年竣工。撮影＝松山巖

須賀さん、イタリア行きにあたって、あなたの本を再読することもせず、またあらかじめイタリア美術の本を読むこともしませんでした。素養もない者が一夜漬けであれこれ知識を増やしたところで、意味もないと思ったのです。ですから、同行の編集者Sさんが、須賀さんの文章から、須賀さんが見た美術を選んでくれたので、彼女の案内に従ったのです。まあ、怠け者の私らしい方法です。

　ミラノ二日目は、当然ながら大聖堂を眺め、ガレリアを見上げました。ガレリアを設計したジュゼッペ・メンゴーニは、この屋根から飛び降り自殺したように記憶していましたが、Sさんが持っていた案内書には、そんな話は出ていないので、須賀さんの口癖のままに、ほんとーぉという顔をされました。大聖堂は白い大理石がまるでレースのように見え、あまりに美しすぎて、かえって私の気持ちにすんなり入り込みません。それより、その屋根に登り、ガレリアと反対側にトーレ・ヴェラスカ［上］が見えたのには、これもミラノだったのかと驚きました。

　二十七階のこのビルもピレリー・ビルと同じ年に竣工したと思います。二十階ぐらいからつっかい棒のように四方に梁を持ち出して薄緑色の屋根をもつ上部の建物を支えている、頭でっかちでレンガ色の建築です。屋根、露出した梁、レンガ。ピレリー・ビルに比べると、土着的で伝統的なデザインでしょう。ああ、あのビル好きじゃないわという声が聴こえます。でもあのビルは、戦前への反省もあり、建築運動にもさまざまな主張が現れ、民衆の伝統を表現する一つの解答でした。文学や映画の世界でいえば、ネオ・レアリズモ。だからもしかしたら須賀さんは好きだったかも。でも後に、この表現の単純な論理は学生たちに批判されました。

　と知ったかぶりをするのも、二つのビルの骨組みが建ちあがる頃に、須賀さんははじめてローマ、アッシジ、フィレンツェに出かけ、おなじ頃、ミラノのコルシア書店の人たちは、開かれた神学を考えるために講演会を開き、雑誌を出し、自分たちの運動を軌道にのせはじめたか

らです。背景にはミラノの工業と経済の復興があり、二つのビルはなにはともあれ、戦後復興の象徴だったはずです。

須賀さんがミラノに行ったのは一九六〇年でしたね。正月の二日にジェノワ駅でガッティさんとペッピーノさんに迎えられ、ツィア・テレーサの別荘でコルシア書店の仲間に出会い、誘われて、やがてペッピーノさんとの愛情がたかまり、ローマからミラノに引っ越した。というより、九月頃には結婚を約したようですね。早業だなあ。テレますか。ご両親に結婚を反対されたとはいえ、人生で一番幸せな時期だったでしょう。

こんなことを想像したのは、じつはミラノのアンブロジアーナ美術館の二階、広い廊下というか、ギャラリーに展示されていた、カラヴァッジョの静物画［92~93頁］を見て、私は強く惹きつけられたからです。籠に果物が盛られただけの、平凡な構図なのに、見飽きないのです。カラヴァッジョといえば、背景は黒い、大作の宗教画を描いたと決めつけていたので、まずは背景の黄土色の明るさに魅了されたと思います。薄暗い照明のせいか、その黄色もすこし青く、全体に透明感を感じ、そんなはずはないと描かれた果物に目を凝らしました。

りんご、レモン、薄い赤味の葡萄、洋梨、右のイチジクは光を受けている。しかし、その周りに配された、青黒い葉っぱそれぞれにちいさな丸い水滴が幾粒か光り、いまにも垂れ落ちそうだ。この煌めく水滴で、一瞬の時間を描いている。にもかかわらず、さらに見つめると、葉っぱは虫に食われ、右の葡萄の葉は萎れている。克明な描写力で、なぜわざわざ画家は、こんな萎れた葉っぱを描いたのか。一番目立つりんごも虫に食われている。

すこし離れて眺めると、平凡だと思っていた構図もじつに考え抜かれていると感じました。下の木製の棚が、横に一本細く伸び、その真ん中に籠が載っていますが、籠の下部から黒紫の葡萄、一番上の李か杏でしょうか、画面の中央の光を受けた果物までで三角錐をつくり、棚の一本線と合って、どっしりと安定した印象なのですが、籠は棚からすこし飛び出していて、安定感を裏切るように不安定です。大体、籠のなかの果物はおなじ季節に取れるのだろうか。じつにリアルに描かれているけれど、これはカラヴァッジョが想像して描いた静物画ではないか。それにしても静かだ。徒《ただ》ならぬ静けさだと思いました。

この絵のことはしばらく頭から離れません。翌日、ペッピーノさんの実家があった鉄道官舎の辺りを歩きました。上を鉄道が通る三ツ橋のガードを眺め、しばらくその付近を散策したのです。新しい集合住宅が建設されているかと思えば、空き地が広く残っているような場所で、須賀さんの記憶にある風景とはかなり変わってしまったと思います。ガードに沿ってコンクリート打ち放しの壁が続く人気のない道を進むと、壁際に白い花が咲き乱れていました。額アジサイのような、でも葉は違う、薄いレースのような花。加えてキンポウゲのような形の白い花も低い位置で。目を止めたとき、カラヴァッジョの静物画が頭に浮かんだのです。

「須賀さんはこの絵を恋愛中か新婚時に見たのでしょう」
カラヴァッジョ《果物籠》
1597〜98年頃　油彩、カンヴァス　46×64.5cm
ミラノ、アンブロジアーナ美術館蔵

コンクリートの壁が薄い黄土色の背景に見え、野草の姿が一枚の静物画として眺められたからです。ところが近づくと、その下に鳥の屍骸があり、気づけば屍骸は点々と道の上に散乱していたのです。可哀相に列車にぶつかったのでしょう。

カラヴァッジョはあの静物画で、一瞬を描いたというより、虫が食ったりんごや葉っぱを、萎れた葉を、不安定な籠を描き、いのちの頼りなさ切なさを画面に込めた気がします。帰国して、須賀さんがあの静物画を見たのはいつなのか、調べました。〈ローマの学生時代から何年もあと〉〈当時の私にはごく平凡な静物としか見えなかったし、それ以上の興味をそそわれる絵画というのでもなかった〉（『トリエステの坂道』）。この記述にちょっとがっかりしたものの、そうだろうなとも。須賀さん、ペッピーノさんと恋愛中か新婚当時に見たのでしょう。それなら、萎れた葉っぱなんか見えなかったのでは。でも、別の機会に再び見つめた可能性もある。そのときはどう感じたのでしょうか。須賀さん、私も還暦を過ぎ、少し老いを感じるようになりました。

須賀さんは、ローマのサン・ルイージ・デイ・フランチェージ教会の三枚ある彼の絵のなかで、《マッテオの召出し》［95頁］に〈まるで見えない手にぐいと肩を押されたみたいに〉惹きつけられている。それは〈ありがたい、そしてなつかしい先達だった〉作家ナタリア・ギンズブルグへの思いですね。あなたが訳したナタリアの『マンゾーニ家の人々』を読むと、以前話したようにナタリアの文というより、須賀さん自身の文に思えてきます。

つまりあなたはナタリアの文学を訳すことで、自身の日本語の文体をつくった。それほどナタリアを敬愛していた。

だから《マッテオの召出し》にはナタリアへの思いが二重に投影されたのでしょう。

初見は、ナタリアの大病を気にかけていたときですし、二度目は彼女が亡くなってほぼ一ヵ月後でしたから。〈レンブラントを思わせる暗い画面の右手から一《ひと》条《すじ》の光が射して〉と記していますが、あの光に救いを見るのは理解できます。「レンブラント光線」とはよくいわれますが、カラヴァッジョの技法こそ元祖で、まさに「カラヴァッジョ光線」です。

夫の実家があった旧鉄道官舎近くの「三ツ橋」とその近辺。結婚当時とはかなり様変わりしてしまっているだろう。

その光が射し込む画面左端で、顔を伏せ、金を数える男の〈醜く変形した〉両手は、乱暴者で殺人さえ犯したカラヴァッジョ自身の手であり、彼が自分の手を、キリストの美しい手と対照的に描くことで〈自己の芸術の極点に立つことができたのではなかったか〉というユニークな指摘は、今の私には力になります。

ナタリアに最後に会ったとき、老いた彼女の手がふるえていた。そのふるえる手と画面の手とが、自然に頭のなかで結びついたのは、ナタリアを先達として彼女のように、カラヴァッジョのように、あなたも自分の仕事に生きようと感じていたからでしょう。ちょうど第二作『コルシア書店の仲間たち』を執筆中でしたね。

じつは、俯いて金を数える男こそが、キリストに突然、召し出されたマッテオだという解釈がいまでは有力らしい。須賀さんが聖マッテオと見た、自分を指さす髭面の男ではなくて。さらにいえば、当時、マッテオという名前はありきたりで、召し出されたマッテオと、『マタイ福音書』を著したマタイ（マッテオ）とは別人だという新約聖書の読解もある、と調べて知りました。こうなると、もう私には判断できません。むしろたとえ絵画の解釈が実証的には勘違いであろうと、その勘違いが救いとなる、それが絵との体験、芸術との出会いの素晴らしさでしょう。

ついでにいいますと、ペッピーノさんの実家の辺りから、お二人が住んだ家まで歩く途中、水曜日だったので、マルティーニの青空市に立ち寄りました。よく買い物に出かけたはずの、あの水曜市は今も賑わい、私はついカラヴァッジョの静物画の果物はないかなと、目で追いました。葡萄はどの店にもなく、洋梨やレモンもありましたが、イチジクと李を買い、すぐに近くの水道栓で洗って口に入れました。李は酸っぱかったけれど、イチジクは熟れて甘かった。でも甘さに気をとられ、かぶっていた帽子をそこに置き忘れてしまいましたよ。

須賀は、左端で金を数える男の奇妙な手の形に注目した。
カラヴァッジョ《マッテオの召出し》
１５９８～１６０１年頃　油彩、カンヴァス
３２２×３４０cm
ローマ、サン・ルイージ・デイ・フランチェージ教会　コンタレッリ礼拝堂

ピエロ・デッラ・フランチェスカと〈はだかの目〉について

須賀さん、ナタリアの息子カルロ・ギンズブルグが著した『ピエロ・デッラ・フランチェスカの謎』が、須賀さんの亡くなった後ですが、翻訳されています。一緒に毎日新聞の書評委員だったとき、カルロの本、『闇の歴史』だったと思います。私が書評するのをやめたとき、駄目なのと心配そうに訊かれたことを思い出します。まるで母親みたいに。あのとき、彼の『チーズとうじ虫』は面白かったけれど、この本は私には歯が立たないと答えましたね。ピエロの本も同様で、イタリアを代表する美術史家ロベルト・ロンギの、古典となったピエロ論に異議を唱え、作品の年代特定を細かく実証してゆく論述には、とても歯が立ちません。

彼はロンドンのヴァールブルク研究所に留学し、アビ・ヴァールブルクの「神

ピエロ・デッラ・フランチェスカ
《聖ニコラ・ダ・トレンティーノ》 1454〜69年
油彩・テンペラ、板 139.4×59.2cm
ミラノ、ポルディ・ペッツォーリ美術館蔵

ポルディ・ペッツォーリ美術館。〈道路に面した大扉を入って左側が美術館の入口、右側の階段を上ってゆくと、コムニタの扉があった〉(『ミラノ 霧の風景』)。友人ガッティの勤めるコムニタ出版社を訪ねたときのことは、須賀の記憶にはっきりと刻み込まれていた。

ピエロ・デル・ポッライウオーロ《婦人像》
15世紀半ば　テンペラ、板　45.5×32.7cm
ミラノ、ポルディ・ペッツォーリ美術館蔵

は細部に宿る」という言葉を信条にしていますから。ファシズムに抵抗したロンギであろうとも、筋を通すのは、獄死した父レオーネ譲りですね。かえってピエロの絵はカルパッチョに影響を与え、マチスが夢中になり、ピカソに、そしてセザンヌに繋がるというロンギらの観点にはなるほどと思いながらも、なによりカルロもまたピエロの絵がとても好きだったとわかりました。

　私もイタリアに行ったら、ピエロはぜひ見てみたいと考えていました。有元利夫、三十八歳で亡くなった彼とは一つ違いで、大学では科も学年も違い、近しいわけでもなかったけれど、共通の画家の友人が何人かいて、グループ展で彼の初期の絵は何枚か見たし、ちいさな集まりでも会いました。陽気な酔っ払い。その有元がピエロの絵に惚れこんでいました。没後人気がますます高まる彼の絵を見れば、よくわかると思いますが。

　ピエロの絵にまず出会ったのは、ガッティさんが社員として勤めていたコムニタ出版社と同じ建物にある、ポルディ・

ペッツォーリ美術館にあった《聖ニコラ・ダ・トレンティーノ》[96頁]でした。須賀さんがこの絵に触れていないのが不思議ですが、見たとき、やっぱりピエロが描く人物は不機嫌そうだな、と思いました。画集でみると、ピエロの描く人物の多くは口をすこしへの字に、物憂い目つきをしています。じつはそれ以上に聖ニコラ・ダ・トレンティーノの、ふっくらとした顔、禿げた頭、小太りの体のすべてが、友人によく似ているのに驚きました。そいつは眠そうなときにこんな顔をします。ふだんはニコニコし、上海に共に行ったとき、彼の周りに不思議にも子どもたちが集まったことを思い出しました。この聖人も子どもに好かれる優しい男だったに違いないと妙な理解をしました。ただ、うーんと唸ったのは、じつはすぐ隣にがっしりしたイーゼルに止められていた《婦人像》[97頁]で、これもピエロ作か、と思いましたね。金髪を束ね、細いネックレスをした女が澄まして横を向いている。背景の青、静かで柔らかい雰囲気が似ているので、作者の名はと、

ピエロ・デッラ・フランチェスカ《聖十字架伝説》より
「シバの女王の聖十字架の木の礼拝とソロモン王との会見」 1454〜64年頃 336×747cm フレスコ
アレッツォ、サン・フランチェスコ聖堂主礼拝堂

額の下にあるプレートを読むと、ピエロ、おお、やはりなと思いましたが、その次が違いました。ピエロ・デル・ポッライウオーロ。別人です。調べると、この作品は二十世紀はじめまでピエロ・デッラ・フランチェスカの作品だと考えられていたようです。ほぼ同時代人のためで、わかったのは、彼らの作品の評価が高まるにつれ分析が進んだせいでしょう。私の勘違いでしたが、でも素晴らしい絵であることは間違いない。イタリア美術の奥行きの深さを実感しました。

　それにしても私は、表面的にしか見ることができないのでしょうか。須賀さんはファッツィーニとOさん（オンちゃんと呼んでいた彼の弟子の小野田さん）に、やっぱり絵ではピエロ・デッラ・フランチェスカだよ、深いんだよ、そういわれても、画集を眺めても〈理解は、漠然としたまま〉だったのが、〈ある夏の日、絵が、とつぜん、私のところにやってきた〉と記してますね。

〈画家の生地アレッツォに行って、聖フランチェスコ教会の主祭壇をとりかこむ、彼の「聖十字架伝説」を見たときのことだ。「シバの女王の聖十字架の木の礼拝とソロモン王との会見」のまえに私は立っていた。そのとき、絵と自分の中間にある空気がふいに透明になって、ピエロ・デラ・フランチェスカを、目が、なにも交えないはだかの目が、見ているのに気づいたのである。……この絵が自分にとって、存在のひとつの基本になるようなものだ、という確信に近いものを、あの瞬間、私はしっかりと手に入れたように思う〉（『時のかけらたち』）

　須賀さん、私もこの絵［98〜99頁］を見ましたが、周囲の人の多さに気をとられ、そのような体験を得ることはありませんでした。

〈主祭壇をかこむ壁面の、むかって右側の中段の絵の、中央をコリント様式の柱で区切った左半分に私は吸い寄せられていた。シバの女王とその宮廷の女性たち。女王自身と思われる、前列にひざまずいて祈りをささげる女性。その背後に、娘たちなのだろうか、豪奢な裳をつけたふたりの若い女性の立像が描かれている。絵ぜんたいを支配する、建築学的で完璧な均衡。そして、画面にみなぎる、品格と緊張感。背景に配された二本のトキワガシ。とりわけ、黒いマントをはおった女王のうしろに立つ女性が、丹色の衣装のうえにゆったりとつけている、見るからに重そうな裾をひく白い裳に、私は目を奪われた。建築家アルベルティの影響を受けたといわれる、きびしいが、ゆったりとした構図。あの彫像的な（ファッツィーニとOさんが讃美していたのは、まさにこの点にあったのだろう）ピエロ・デラ・フランチェスカの大きさのぜんたいが、そこにあった〉

　この指摘は、〈はだかの目〉で見ていない私にもわかります。というか、彼の建築学的な〈きびしいが、ゆったりとした構図。あの彫像的〉という感覚は、おそらく画家や彫刻家ならすぐに得たのではないでしょうか。彼らは卓《すぐ》れた絵や彫刻を前にして、感動と同時に自然とそれを頭のなかで素早く手を動かして模写しますから。彼らは対象を見ながら、別の目でいまだない自分の作品を冷静に見つめる。須賀さんも手紙の絵で承知しているとおり、私はあまり絵は上手くありません。それでも、高校時代、大学受験の前はよくデッサンを繰り返しました。それに建築デザインを学びましたから、建物でも絵でも、まず構図というか、プロポーションに目が行きます。バロック的な装飾よりも、基本のかたちが気になります。ピエロが好きなのもそこにある。須賀さんの文章を読んであらためて気づき、彼の絵がマチスやキュビスムの闘士ピカソ、そして「自然は球、円筒、円錐だ」といったセザンヌに結びつくのもよくわかるのです。

〈詩にしても、音楽にしても、ゆっくりと熟した時間のなかで、真正の出会い、といった瞬間はいつか訪れるのであって、それに到るまでは、どんな知識をそろえてみてもだめなのである。無駄というのでもないのだけれど、目も、あたまもが、空まわり、うわすべりの状態にとどまったまま、そのつめたさのまま、つめたいことにどこかで悲しみながら、作品に接している。神秘主義者たちがいう、たま

しいの暗やみの時間に似ているかもしれない〉
　おそらくマチスたちにとっても、有元にとっても、ナタリアの息子カルロ・ギンズブルグにとっても、ピエロの絵は〈自分にとって、存在のひとつの基本に〉なったのでしょう。私にもそんな出会いが訪れるのでしょうか。今は、須賀さんと中目黒のカウンターだけの、客もすくない、ちいさなバーで、食事の後、軽く飲みながら、よく二人で語り合ったとき、やっぱり人に頼ってもねえ、自分で乗り越えるしかないのよね、となにかにつけていっていたことを思いだします。あれは共通の友人たちの、文章の仕事についてでしたが。そんなつめたさ、きびしさを〈どこかで悲しみながら〉、やはり懐かしいのです。

アレッツォ、サン・フランチェスコ聖堂主礼拝堂内部。《聖十字架伝説》が三方の壁面を埋め尽くす。
撮影＝野中昭夫

シエナの市庁舎「世界地図の間」壁面上部に
絵巻のように広がるシモーネ・マルティーニ
《フォリアーノのグイドリッチョ》。
1330年頃　フレスコ　340×968cm
su concessione del comune di Siena

シモーネ・マルティーニの青空とブドウ畑について

須賀さん、シモーネ・マルティーニの《フォリアーノのグイドリッチョ》［右頁］はゆっくりと見ることができました。

シエナの市役所が開館前に撮影を許可してくれたので、私はカメラマンが撮っている間、のんびりと座って眺めたのです。図版も見ていず、須賀さんの文章だけで想像していたので、ほほう、これかと、見上げた瞬間に惹きつけられました。ですからじつに幸福でした。

そして私が惹かれる絵は共通して、背景が、いわば余白として広がりをもっていることに気づきました。カラヴァッジョの静物画も、ピエロ・デッラ・フランチェスカの絵も、ピエロ・デル・ポッライウオーロの婦人像も。画面に所せましと細かく描かれている絵は、どうも苦手です。ですからこれまで眺めてきたイタリア建築も、装飾と絵画で埋め尽くされている細部に目は奪われ、焦点がさだまらず、落ち着かないのです。やはり私は日本人で、余白に美を感じる感性に囚われていると思います。

それにしても《フォリアーノのグイドリッチョ》は大胆な構図です。天井が素朴な格子組の、「世界地図の間」の壁面上部いっぱいに描かれていますから、じつに細長い。幅は十メートル近いはずです。その画面を、単純化していえば、上下を二分割して上は見事な、深い青空、下は土色の大地、中央のグイドリッチョにしても馬と共に茶色を基調にして描かれています。だから、どうしても青空がまずは目に入るし、今、東京に帰ってからもあの青空が頭に浮かびます。

〈私は、グイドリッチョの旅の孤独を象徴するような、空の色の深さに魅せられていた。荒涼とした背景の自然と、ひたすら青いだけの空。若いころの私にとっては、それだけでこの絵に惹かれる理由はじゅうぶんだった。あまり他人に話したことはなかったけれど、シエナを訪れる機会にめぐりあうたびに、私はこの孤独な騎士の旅姿を見るのを大きな愉しみにしてきた。日本に帰ってからも、グイドリッチョの絵は群青の空といっしょに、折りにふれ私をなぐさめてくれた〉（『時のかけらたち』）

私はグイドリッチョの騎馬姿を眺めても、彼が孤独だとは正直いって、まったく感じませんでした。たしかに荒涼とした土地のなかでは、ひとりぼっちですが、背筋を伸ばした姿勢には淋しさより強い自負を感じました。もっとも須賀さんも後に、彼は孤独でもなく、シエナの合戦隊長として謀反を起こしたモンテマッシの町を包囲しようとしている姿だと気づきますね。それでも、この絵の主人公に孤独を見たのはわかるなあ。

須賀さんがはじめてシエナに行ったのは、一九五四年八月十六日ですね。パリに留学していた二十五歳の夏、ペルージャの大学で講義を受け、シエナのカンポ広場で行われるパリオ、この街にのこる共同体がそれぞれ馬を競走させる祭を見物にでかけています。あるいは、同じ年の四月末、アッシジを訪ねた折、寄ったのでしょうか。いずれにせよ、異国でひとり、それも五四年ならば、翌年には留学を終え、帰国しなければならない。自分がはたしてなにを学んだのか、悩んでいたころでしょう。さらにいえば、帰国してから、この絵を思い出す、というか群青色の空を思い出せば、イタリアのことを考える。それほど、イタリアに惚れたのでしょう。

　この絵の深い青空にはほんとうに魅了されます。この色の空は湿度の高い日本では考えられない。その上、夏のイタリアでは午後八時を過ぎても昼間のように明るいですから。以前、梅原龍三郎の《北京秋天》を見たとき、この空は日本では見ることができないな、と考えましたが、それ以上に忘れられない空でしょう。グイドリッチョの姿にしても須賀さんがいうほど、〈画面ぜんたいに比して、想像を絶するほど小さい〉とは思えません。おそらく帰国して、この絵を思い出す度に、群青色の空が次第次第に記憶のなかで大きくなったのではないでしょうか。

　透き通った空や海は、あまりに美しいと恐ろしく感じるときがありますね。私は高校時代に磐梯山で天の川を眺めたとき、十数年前に沖縄の波照間《はてるま》島で空と海を見たとき、そんな思いを味わいました。人間の力なんぞ、ちっぽけなもんだと感じたからです。この絵の空の青さにも怖いほど、懐かしさを誘う深さがあります。この絵は折にふれて須賀さんの記憶に甦ったのでしょう。ピエロの絵とは違った意味で、あなたの〈存在のひとつの基本〉になったのではないでしょうか。

　この絵についてユニークな指摘をしていますね。まずは、この絵が日本の絵巻物のように〈時間の経過〉を表していること。中央のグイドリッチョが現在で、右のシエナの町は過去、そして左の山岳都市は、彼がこれから攻めるべき未来を表現している。この指摘は画集を調べて知ったのでしょう。でも須賀さんには、とても大事なことだったと考えています。なぜって。須賀さん、いつだったか、私が須賀さんの文章は屏風絵のように、一章ずつ完結しているようで、次々に繫がり、時間が行ったり来たり、読み方によっては、間の屏風絵が見えなくなったり、そしてはじめと終わりが結びついたり、といったら、ほんとーぉ、そうそう、そう読んでくれると嬉しい、屏風絵というより、文章の構成は絵巻物を気にしているのよ、といいましたよ。

　もうひとつは、いろいろ細部を目で追いながらも、結局は右側の仮設陣地の上下に、画面の主題とは無関係のように描かれたブドウ畑［左頁］に注目していることです。私はその上の、ごちゃごちゃした集落の単純化した描き方がキュビスム風で面白かったのですが、ブドウ畑といわれてみれば、いかにも須賀さんらしいなと感じました。この絵は美しい。しかし主題は戦争に向かう隊長の勇気、プライドです。この絵の背後には血みどろの戦いがある。それに比してブドウ畑は平安というか、平凡な日常の生活そのものでしょう。

　なぜ、主題に不似合いなブドウ畑が描かれたのか、楽しげに考えてますね。陣地となったそこは元々ブドウ畑だった、画家はそれを見て描いた。生まれた土地のブドウ畑が恋しくてたまらない若い助手が無理に描きこんだ。マルティーニがこの絵を描く前に別の絵が描かれていて、ブドウ畑だけはその別の絵だった。須賀さん、笑いましたよ。これではクイズ番組の出題者ではありませんか。

　そしてさらに、〈ぶどう畑は、本文と関係のない細部、画家がなんとなくなつかしくて入れてしまったような細部だったらおもしろいのに、とも私は思う〉と。むしろ私としてはなぜ、あなたがそこまでブドウ畑にこだわるのか、考えてしまいます。

　イタリアなら、ヨーロッパなら、ブドウ畑はありふれているでしょう。しかし須賀さんの文章の一節に印象的なブドウ畑が登場しますね。

〈いつかもういちど、アルザスをたずねたいと思う。あの起伏の多い丘のぶどう畑の道を、こんどは彼女のことを考えながら歩きたいと、思う〉（「Z――。」）

　このZ、オディール・ゼラーは、須賀さんが亡くなる直前まで、書きたいと願っていた小説の主人公のモデルになるはずでした。私が病院にようやく見舞いにいったとき、もうあのふっくらした顔もちいさくなっていたけれど、「本当に書きたいものがみつかったのよ。今までの仕事はゴミみたいなもんだから」と元気に話してくれた。オディールは、戦後まもなくフランスから来日し、聖心女子大学でフランス語を教え、あなたがイタリアから帰国後に急速に親しくなった修道女ですね。彼女の故郷は、古くから繰り返し戦いの舞台となったアルザスの小さな村コルマールです。

〈あっ、コルマールに行ったの。いつもは控え目な彼女が叫ぶようにそういうと、まぶたを半分とじるようにして、つぶやいた。ああ、コルマール。なつかしい、コルマール。戦争のまえは、あの辺りのぶどう畑がぜんぶ、わたしたちの家のものだったのよ。シュレベール家のぶどう畑。息をつめるようにしてひと息にそういい終えた彼女に、わたしはあっけにとられた。四十年もまえ、二十一歳であとにした故郷へのつのる思いが、コルマールの名を聞いて、彼女のなかで爆発した

須賀の興味をひいたのは〈殺風景といえるこの「仮設陣地」のなかに、まるでお愛敬のように描かれた、ふたつの小さい、でも緑したたる、丈低く栽培したぶどう畑〉（『時のかけらたち』）。
《フォリアーノのグイドリッチョ》　部分
su concessione del comune di Siena

のだろう〉

　この一節は、残念ながら未定稿となった小説「アルザスの曲りくねった道」のなかで、ほんとうに印象深い場面ですね。戦争が彼女の運命を変え、単身で日本に来て、四十年。小説の主題がくっきりと見えてくる場面です。

　マルティーニのフレスコ画《フォリアーノのグイドリッチョ》の主題は、須賀さんが当初考えたような、騎士の孤独ではなく、戦争そのものでした。でも、あの群青色の空があなたを捕らえて離さない。だからこそ、主題と無関係のように描かれたブドウ畑がより大きくなって目に入ってきたのですね。

〈群青の比率が私のなかで後退し、自分勝手に詩情と思っていたものが溶けはじめると、細部が、とくに、シエナで見ていたときには目にもとまらなかった、緑に茂るふたつのぶどう畑が、いまはしっかり私を支えてくれる。そして、シモーネ・マルティーニの作であるかどうかとも関係なく、ぜんたいに比して小さく描かれたグイドリッチョのいのちの重みのようなものが、硬直した彼の姿勢に滲み出ていて、やはりこの絵はすばらしいと思わずにはいられない〉（『時のかけらたち』）

須賀も何度か訪れた、カンポ広場に面する市庁舎。
シエナの歴史地区は世界遺産にもなっている。

　いのちの重み。これこそ「アルザスの曲りくねった道」のほんとうの主題でしょう。私は須賀さんが、小説を書こうと、今までの仕事はゴミみたいなもんだから、といいきった脳裏の端っこには、群青色の空とブドウ畑が、シエナの市庁舎にある、あのフレスコの大作があったのではないかと思うのです。孤独な騎士は、そのときグイドリッチョではなく、神に仕え独りで日本に暮らした修道女オディールだとあなたは気づいた。だから《フォリアーノのグイドリッチョ》は、須賀さんの〈存在のひとつの基本〉となる絵だったのではないでしょうか。読みすぎですかね。でも、そんな推理まで誘うほど、あの絵はすばらしいと私も感じたのです。

須賀がイタリアでぜひ見たいと思っていた作品。
ペリクレ・ファッツィーニ《カモメと少年》
1940〜44年　木に彩色　高143・5cm
アッシジ、ペリクレ・ファッツィーニ美術館蔵

ファッツィーニと歳を重ねることについて

須賀さん、どうも私は石工の息子のせいか、大理石を積み上げた建築や、堂々たる石の彫刻をながめると、親父がこつこつと鑿《のみ》を硬い石にあてていた姿を思い出して、素晴らしさよりどれほど大変だったろうか、という思いが働いてしまいます。それにしてもイタリアの町はどこでも彫像がありますね。神話、聖書、偉人とそれぞれの町に因んだ人物、逸話に事欠かないからでしょうが、トリエステでウンベルト・サバのブロンズ像が、彼が営んでいた古書店のすぐ近く、前の道をすこし上がった丁字路に立っていたのには驚きました。台座もなく、石畳の上に直接、あたかもサバが帽子をかぶり、丈の長いコートを着て、杖をつき、歩いているかのように立っているのです。ほんとーぉというかもしれませんね。台座がないのは好ましいのですが、あの通りはブティック街ですから、風と騒音が苦手だった詩人には迷惑ではという思いも湧きました。須賀さんは背が高いと推定してますが、もしあの像が等身大であったなら、背は低い人物ですね。

アッシジでも、聖フランチェスコが一人瞑想したと伝えられるエレーモ・デッレ・カルチェリを訪ねたとき、入口近くや道の途中に彼の彫像が置かれていたのには、ちょっと興ざめしてしまって。じつはアッシジ市街も観光客が多く、混雑を避け、静かな場所に行きたくて山奥にあるという修道士の祈りの場に出かけたのですが。イタリアはいま、ディスカバー・ジャパンならぬディスカバー・イタリーのブームが起きていて、私が訪ねた古都はどこも観光客でいっぱいでした。日本人もかなり見かけました。須賀さんが知識とあたらしい生き方を求め、パリに船で渡った時代と現代はまったく異なってしまったと実感しました。でも、須賀さんがほんとーぉといって喜ぶはずの驚きもありました。

〈三年ごしの希望が実って五八年の九月、ローマ行きが実現した、その到着の日からまもないころだった。イタリアに行ったら、本物を見てきてよ。日本を発つまえに、そういって友人がくれたイタリア現代彫刻の写真集のなかに、ああ、これが見たいと私を惹きつけた作品がひとつあった。ペリクレ・ファッツィーニの「カモメと少年」〉（『時のかけらたち』）

こう書いている《カモメと少年》［107頁］に、それからつよく惹かれたという《歩く像》［左頁］にもアッシジで出逢ったのです。須賀さんはローマの近代美術館で見たはずですが。それどころか、ファッツィーニの代表作がずらりと並んでいたのです。じつはアッシジの市長がファッツィーニ好きで、彼の美術館を古い建物を改造して作ったそうです。レンガ積みの二階建て、木造の屋根を架けた落ち着いた建物で、二階にファッツィーニの作品が常設され、屋根裏部屋では別の企画が展示されていました。もっとも《ウンガレッティ像》はブロンズしかなく、木彫のほうは翌日、ローマの近代美術館でじっくり眺めました。

《カモメと少年》。背をすこし沈め、左手を地面に軽く触れて、まるでスタートダッシュをする少年の頭にカモメが三羽。少年というには、幼く、パンツも穿いておらず、風にシャツも捲れ、尻丸出し、おちんちんも丸出しですから、元気ないたずらっ子。カモメの飛翔を高速度カメラで撮影したかのように、一番下のカモメは翼を下し、その上のカモメは翼を大きく上に広げ、一番上のカモメは魚の頭を捕まえて、下をみている。この複雑な動きを一体として削り出しているのには驚きました。

　この過剰ともいえる技術に須賀さんは、ファッツィーニが晩年に見せたバロック的傾向の走りを感じたわけですが、軽やかな緊張感は類を見ないでしょう。

　いたずらっ子はカモメに頭を捕まえられて、砂浜を駆け上がっているのでしょうか。ユーモアがあって、これほど見る者を素直に明るい気分に誘う彫刻を私は知りません。ファッツィーニはアドリア海に面した、ちいさな町にうまれていますから、彼の子ども時代の記憶でしょうか。思わず、数日前にトリエステの港から眺めたアドリア海、そして青空を思い出しました。

　展示方法もシャレていて、三本脚の、彼のアトリエに転がっているような、木製の脚立に載せられていたので、軽快さを増していました。入口の階段に彼の写真が展示されていましたが、子ども時代を十分に楽しんだとわかる、気楽なおじさんに思えました。だから須賀さんも、助手を務めていたオンちゃんを、気兼ねなく彼のアトリエによく訪ねたのでしょう。

　須賀さん、オンちゃんこと小野田はる

マザッチョのエヴァ［60／61頁］に似てる？
ペリクレ・ファッツィーニ《歩く像》
1933年　木　高191cm　アッシジ、
ペリクレ・ファッツィーニ美術館蔵

のさんにも会いましたよ。小さなリュックを背負って、会ったらすぐにすたすた歩き、作品がごちゃごちゃある彼女のアトリエでは、こちらが訊きたい須賀さんの思い出より、自分の仕事を話しはじめて。理屈っぽい話は苦手で、どこか世俗から離れたような。若い頃は〈やさしそうな、それでいて針金みたいな強靭さをみなぎらせ〉ていたのだろうな。彼女も子どもの頃から、絵を描いたり、粘土をいじったりするのが大好きだったんでしょう。子どものままのような、自分の手と目を信頼した強さがあって、須賀さんがすぐに打ち解けたのはよくわかります。やはりちゃんとした子どもらしい、子ども時代を人間はすごさなきゃ。

　ファッツィーニの作品に戻ると、須賀さんがいうとおり若い頃の木彫が素晴らしい。展示されていたものでは、三二年の《レナート・ビロッリの胸像》、三三年の《アニタの肖像》、そして須賀さんが強く惹かれた同じく三三年の《歩く像》。〈大きく口をあけて、すこしゆがんだような格好で歩く若い女の木像は、どこかマザッチョの描く、エデンを追放されたエヴァを思わせる〉と指摘していますが、私にはエヴァの苦しみは感じられず、むしろ大ぶりな肉体に、後ろのソバージュ風な髪を彫り出した荒々しい鑿の痕に、激しい生命力を感じました。ファッツィーニは展示された作品を見ると、戦後、アフリカの彫像を思わせる仕事も残していますが、それよりも野性味がはるかにありますね。

　でも、なんといってもローマの近代美術館で眺めた《ウンガレッティ像》［左頁］には、静かに、深く圧倒されました。ウンガレッティ自身の顔の魅力に負うところが大きいのでしょう。一度見たら、忘れられないほどの重い存在感。潰したような異形の顔ながら、低い声で詩をつぶやく知性が鑿の痕から滲み出ています。

〈重さと軽さが同居しているような、なんともふしぎな彫像だった。そのころファッツィーニを訪ねてきたのを見かけたことのある、傲岸で暗い老詩人には似ても似つかない、まるで詩が詩を考えているような、もしかしたら詩の痛みにじっと耐えているのかもしれないような、それでいて、詩を味わっているような、それはウンガレッティ像だった〉

　老いた詩人とは似ても似つかないとは。この木彫は三六年の作品だから、ウンガレッティは四十七、八歳、ファッツィーニは二十三歳。須賀さんがいうとおり〈なんとも早熟な芸術家といえ〉ますね。と同時に詩人もまた、エジプトからパリに出て、アポリネールやブルトンと親しくなりながら詩を書きはじめたのは、二十四、五歳。博士論文をウンガレッティ研究にした人にこんなことをいうのも野暮ですが、彼も早熟ですね。早熟な芸術家は、歳を重ねるにつれ、自分の初期の作品に背後から駆り立てられる。乗り越えようとさまざまな試みをするが、なかなか満足せず、苦しむ。

〈肉体の衰えは、ときとして、一種のバロック現象をもたらす。言葉や技術の豊かさを、精神が禦しきれなくなり、詩の世界に荒廃がしのび寄る。ひそかなあきらめが、ウンガレッティを、追憶と子供のような神への憧憬の日々に追いやって

そして彫像も歳を重ねる——。
ペリクレ・ファッツィーニ《ウンガレッティ像》 1936年
木 高59cm ローマ国立近代美術館蔵
Roma, Galleria Nazionale d'Arte Moderna.
Su concessione del Ministero per i Beni e le Attività Culturali

行く。そしてそのあとに来るのは、もうふたたび参加することのない歴史への傍観者の眼である〉(『イタリアの詩人たち』)

ずいぶん厳しい評ですが、そのとおりであり、ファッツィーニの晩年の作品への評価も同様なのでしょう。須賀さん、あなたは〈追憶と子供のような神への憧憬〉を、早すぎた晩年にあえて拒否しようとした。むしろそれまで綴ってきたエッセイは、〈追憶と子供のような神への憧憬〉であると自ら規定したのかもしれない。亡くなる三年前の九五年は、阪神淡路大震災ではじまり、オウム真理教事件が起きました。懐かしい故郷近くの風景もまるで焼け野原に変わって。あのとき、私は二週間後に神戸に入り、その被害の凄まじさを電話で伝えた。須賀さんも少し遅れて故郷の夙川辺りを歩いている。私は敗戦の年の生まれだからわからないけれど、あの風景が戦争直後の光景と重なって見えたに違いない。戦争と宗教。この問題をあらためて考えなくてはならなくなった。〈歴史への傍観者〉であってはならない。

「アルザスの曲りくねった道」は、この頃に自身の老いを感じればこそ構想しはじめた。私が大学に入った頃は日本ばかりか、むしろヨーロッパで学生たちの反乱が起きました。あなたはあの時期を思い出して、コルシア書店もほんとうにつらい時期だったけど、誰にも負けないくらい、信仰について学び、考えたの、と語りましたね。だからこそ「今までの仕事はゴミみたいなもんだから」といい切り、「アルザスの曲りくねった道」は完成させたかったんですね。

でも、あなたのエッセイがゴミみたいといわれると、愛読者は泣きますよ。

じつは気になっていたのは、須賀さんが《ウンガレッティ像》を〈重さと軽さが同居しているような〉と形容していることでした。私には軽さは見えません。石やブロンズではないから、即物的な重みはそれほどではないでしょう。でも、軽さを感じることはなく、ずっしりとした存在感がまさに、ここにあるという印象でした。

アッシジの美術館で買ったカタログを見てわかりましたよ。そのカタログにある《ウンガレッティ像》は妙ないい方ですが、若いんです。須賀さんが見た頃に撮った写真ではないでしょうか。私が目を近づけてみると、木彫ですから、時間とともに割れが入り、ファッツィーニ自身が処理したのか、後から新しい木を象眼のように埋め込んでいます。とくに顔の右側にはまるで深い傷のように細い木が埋められている。これははじめからそうなのかもしれません。カタログはそちら側を写してないので。でもその写真の木肌はあかるく、また左肩の割れは一本ですが、現実の割れは二重になり、どうやら割れがひどくなって木を埋めたのがわかります。にもかかわらず、その割れと補修の痕が、この彫刻の存在感を増している。

彫刻も時を経て老い、その老いが深みを増して行く。須賀さん、あなたのエッセイはゴミみたいなもんではありませんよ。時間を経るごとにあたらしい読者を獲得する、そう信じて私は全集づくりに参加したのですから。

ジョルジョ・モランディ三変化1
セザンヌ&キュビスム風
《銀皿のある静物》。
1914年　油彩、カンヴァス
67×55cm　ローマ国立近代美術館蔵
Roma, Galleria Nazionale d'Arte Moderna.
Su concessione del Ministero per i Beni e le Attività Culturali

モランディのあたりまえさについて

須賀さん、全集の装幀には、ジョルジョ・モランディのアトリエの写真を使いました。あなたがモランディの静物画が好きだったことは知っていたので、私も彼の絵を使ったらという提案をしました。ただモランディの絵をそのまま使うと、本来のきびしさをあまり感じない、なにより全八巻がすべて同じに見える。ほんとうに、そうねぇと笑うでしょう。モランディは不思議な画家です。瓶、壺、水差、茶碗ばかり描いていて、それぞれの絵は違うのですが、記憶に残るのは、静かな柔らかい光のなかに佇んでいる瓶や壺、水差や茶碗ばかり。違いが記憶のなかで消えてしまう。そこで彼の没後に、アトリエを撮った写真家、ルイジ・ギッリの写真を使うというアイデアが出て、私も賛成したのです。

じつをいうとモランディの絵をとくに見る予定はありませんでした。彼が故郷のボローニャをほとんど離れず、あたかも修道士のように人づきあいを避け、絵を描き続けたのは知っていましたが、わざわざボローニャに行く気は起きません。

それに、須賀さんは、文章ではほとんどモランディには言及していませんね。
〈弁護士のカッツァニーガ氏の家の集まりは、華美なばかりでエスプリがないといって、仲間たちは敬遠した。彼の客間の壁には、おびただしい数の絵が飾られていたが、なかでも目をひいたのは、二枚のジョルジョ・モランディの作品だった。どちらも、この画家特有のふしぎな光沢を秘めた、灰色のトーンが心にせまる静物画だったが、静謐な気品と個性にあふれた、モランディのような画家の作品が、騒々しい、これといって特徴のない風景画や、高校生の令嬢のラファエッラの肖像画にならんで壁にかけられているのが、なんとも皮肉だった。とくに、ドアの上にかけられた、横に細長い小品がすばらしかったが、「まだモランディが今日のように高くなかったときに買った」ことが、カッツァニーガ氏の自慢だった〉
『コルシア書店の仲間たち』の第四章にある、この件りを読んだとき、須賀さんもモランディが好きなんだとわかり、すぐにモランディについて語り合った覚えがあります。『コルシア書店の仲間たち』が書き下ろしで出たのは九二年の四月末。ちょうど二人とも毎日新聞の書評委員だった時期ですから、隔週で会っていたときだったでしょうか。でも他の人とその頃はモランディについて話した記憶がありません。そのときも話したように、私は鎌倉の近代美術館で開かれたモランディ展を、友人に勧められて見ました。あれはいつだったか。カタログが今は見つからなくて。ただ会場の観客も疎らだった。ですから、今のようにモランディといっても話す相手もいなくて、おお、須賀さんと喜んだのです。

　須賀さんが、とてもすきなんだけどねぇ、でも印象派風の初期の作品はねぇ、といったので、私が、でもモランディを見ると、かえってセザンヌがなにを試みたのか、よくわかる、なんていってみたり。フランシス・ベーコンの絵を見ると、ゴッホの凄味が理解できるようにとか。はては、二人ともカッツァニーガの家から盗んででも、モランディを部屋に一枚飾りたいなぁ、そうそうと一致して、大笑い。楽しかったなあ。

　須賀さん、そのモランディの絵にイタリアで四枚会いましたよ。トリエステでレヴォルテッラ博物館に立ち寄ったとき、その一部がカルロ・スカルパによって美術館に改造されていました。スカルパが改造した美術館は以前、シチリアで見て唸った記憶がありますが、こちらはたいしたことはなく、吹き抜けと最上階のトップライトの形が面白かった程度でした。その最上階にモランディの初期作品と思われる（制作年代の記述なし）灰色のトーンで描かれた風景画が飾られていたのです。ただ、私たちがモランディといえば思い出す静物画ではなかったので、楽しめず、その後はモランディのことはすっかり忘れてしまっていたのです。

　ところが、ローマの近代美術館に《ウンガレッティ像》を見にいったら、隣の部屋に三枚かかっていたのです。須賀さんも《カモメと少年》を見にでかけて以来、なんどか、行ったと思いますが、あの美術館は凄いですね。マリノ・マリー

ジョルジョ・モランディ三変化2
キリコの形而上絵画風《静物》。
1918年　油彩、カンヴァス
80×65cm
ローマ国立近代美術館蔵

ニの石彫が二点、ホアン・ミロ、カンディンスキー、モンドリアンがあって、モディリアーニが二点、デュシャンの仕事が一角にずらり、キリコは九点。ゆっくり楽しみました。とくにキリコの絵は強烈で、ヴェネツィアのアカデミア美術館で眺めた、カルパッチョの《聖ウルスラの夢》［69頁］に雰囲気が似てるなぁとか考えて、モランディを忘れるほどでした。

　モランディの三点はすべて静物画なのですが、いかにもモランディらしいのは四六年に描いたもの［116頁］だけで、ほかの二点は、いずれも一九一〇年代に描いたもので、私には理解不能で楽しめませんでした。灰色と暗褐色で描かれた、画面の下部に皿がある絵［113頁］は明らかにキュビスム。いま一つの絵はなんといってよいのか、箱のなかに球と細長いもの二つが浮かんでいる絵［上］は、キリコに影響されたのか、立体と影がシュールで。箱の絵は鎌倉で見たような気もするんですが、印象は薄いなあ。

　それでもイタリアでモランディを四点見ると、彼もいろいろ実験を試み、苦労したんだと、妙に納得してしまったのです。じつは二〇〇三年に出版された岡田温司の『モランディとその時代』を読み、触発されました。浩瀚《こうかん》なこの本を要約するのは、難しいのですが、モランディは決して時代に孤絶した人物ではなく、むしろ時代に反応し、自分で修道士のよう

ジョルジョ・モランディ三変化3
いかにもモランディ風《静物》。1946年
油彩、カンヴァス　29.9×47.7cm
ローマ国立近代美術館蔵

な、隠者のようなイメージを作り上げていったというのが論旨の一つでした。彼は後年、初期のシュルレアリスム調の絵を嫌い、一七年制作の《自画像》は自ら破毀したらしいのです。とすれば、彼は初期の作品が近代美術館に飾られるのを嫌がったに違いありません。ファッツィーニとは対照的な生き方に見えますが、いずれにせよ、美術に身をささげた者は、その美術のきびしさに耐えなくてはならない。

　それにしても、モランディの静物画の魅力はどこにあるのでしょうか。さほど珍しいものを描いているわけでもないのに。しかしだからこそ美しいのだといえる気もします。

　須賀さん、私はイタリアをちょっとのぞいただけですが、記憶に残る美術は静けさへと誘う作品ばかりだった気がします。むろんパンテオンや巨大な水道橋には驚き、各街のドゥオーモにも圧倒されました。でもおなじくらい、もしかしたらそれ以上に記憶のなかを揺曳《ようえい》するのは、ミラノで眺めた野の草花、青空市、トリエステの海、青空、ヴェネツィアで船に乗って見たちいさな島々、教会を修復していた石工たち、細い水路と路地、干されていた洗濯物、鐘の音、フィレンツェで出逢った激しい雨、軒先に煌めく雨垂れ、濡れた鋪石、サンジミニァーノの家並み、アッシジの夕日、合唱する若者たち、アッピア街道の石畳に深く刻まれた轍の痕、そこで拾った大きな松ぼっくり、どこでも朝、窓の向こうで啼《な》いていた鳥たちなどなど。そんな、さして特別ではない風景と音と光だった気がしてならないのです。日本の詩人で、ありふれたものこそ美しいという逆説に気づかせてくれた友人がいます。
　でも、今はあなたが好きだった詩人の一節を引きたい。

……あそこでぼくは
はじめて、あまい虚しい
のぞみに襲われた。
暖かい、みなの人生のなかに、
じぶんの人生を入りこませ、
あたりまえの日の、
あたりまえの人々
と、おなじになりたいという
のぞみ、に。

　このウンベルト・サバの詩を、須賀さんは〈倫理的または人生論上の決意ではなく、あくまでも「あたりまえの詩」への決意だったと解釈したい〉と断っていますね。〈サバは、詩において、「パンや葡萄酒のように」、真摯かつ本質的でありたいという希求あるいは決意をまるで持病のように担いつづけて、それを一生つらぬいた詩人である〉(『ミラノ 霧の風景』)
　この決意は画家モランディにも通じる気がするのです。あたりまえであることが難しい時代にあって、だから彼は自己演出も厭わなかった気がするのです。モランディの絵を眺めると、ありきたりの瓶や壺が光を受け、静かに息づいています。須賀さん、あなたが亡くなって十年、あなたがいうように、私は臆病で、日本は、世界はますます悪くなっている気がします。それでも、記憶に残る、イタリアで見たあたりまえの風景は、世界は今もゆっくりと息づいていると気づかせてくれます。それでも世界は静かに息づいていると。
　ああ、ちょっと人生論風になってしまった。でも須賀さん、許してください。私にとってイタリア旅行は特別な日々だったけれど、あなたともう一度あたりまえに話をできる、きっかけをつくってくれたのです。
　嬉しかった。旅のあいだ、ほかにもずいぶんと話をしましたね。あらためて本も読んだし。あなたの言葉も静かに静かに息づいていました。須賀さん、イタリアに誘ってくれてありがとう。ではでは、またね。

筆者。長い旅の終わりに。

異なる言語のあいだに、等しく生きたひと

アレッサンドロ・ジェレヴィーニ
作家・翻訳家・早稲田大学准教授

「作家、翻訳家、教師、そして異国に暮らす者として、須賀さんは僕の尊敬すべき先輩です」 撮影＝青木登

Alessandro G. Gerevini

須賀敦子さんとは、そう何度もお会いする機会はありませんでしたけれど、僕にとっては忘れがたい存在です。

そもそも、僕が日本文学の道に進むきっかけとなったのは、一冊の本でした。父の本棚にあった谷崎潤一郎の『細雪』。高校生の頃、たまたまこの本を読んで感銘を受け、すっかり日本文学に魅せられてしまったのです。そして、夢中で読み漁った本のなかには須賀さんの訳されたものが何冊もありました。谷崎をはじめ（父が持っていた『細雪』は須賀さんの訳ではなく、おそらく英語からイタリア語に訳されたものでしたが）、川端康成や安部公房、井上靖などさまざまな作家の名作を訳しておられましたから。翻訳家・須賀敦子に、いつのまにか出会っていたわけです。

完璧な語学力に驚く

後にヴェネツィア大学日本語学科に進んだ僕は、初めて生身の須賀さんにお会

いしました。一九九〇年頃だったでしょうか、大学で須賀さんが短期集中講義を受け持たれることになったんです。しかもテーマは『細雪』でしたから、今でもよく覚えています。上智大学でさまざまな国籍の学生に教えてこられただけあって、たとえば日本人とアメリカ人では、物語のなかの人物の捉え方が違うという指摘など、大変興味深かったです。ただ、含蓄に富んだ講義もさることながら、僕たち学生がまず驚いたのは、彼女の語学力でした。小柄で高年の日本人女性が、これほど完璧なイタリア語を話すとは！

　ほかの日本人の先生方も、とてもお上手だったのですが、とにかく須賀さんは図抜けていましたね。後から思ったのですが、あそこまで言葉をマスターされていたからこそ、日本文学をイタリア語に訳すことが可能だったのでしょう。外国語を母国語に訳すのではなく、母国語を外国語に訳すというのは、大変な作業だと思います。僕は作家として日本語で小説を書きますが、外国語で文章を書くというのは、なんとかなるものなんです。なぜって、自分自身の思考を言葉に移し代えれば良いのですから、単語や言い回しは自然に浮かんでくる。いっぽう、須賀さんのように、他人が書いたものを外国語に訳す場合、そうはいきません。須賀さんがイタリアに定住されるようになった六〇年代前後は、まだ日本語の原文を読みこなしてイタリア語に訳せる人がほとんどいなかったはずですから、日本文学を紹介したいと思うなら、ご自身で翻訳せざるを得なかったのでしょう。初期の頃はおそらく、旦那さんのペッピーノさんの協力があったのでしょうけれど、経験を積まれるうち、お一人で訳されるようになったようですね。

ありのままに描かれたイタリア

　さて、須賀さんの講義を受けた当時は、数年後にまたお会いすることになるとは思ってもみませんでした。卒業し、僕自身も翻訳や執筆の仕事に携わるようになり、たびたび日本を訪れるうち、ジョルジョ・アミトラーノ先生（現・ナポリ東洋大学教授）が、東京で須賀さんを紹介してくれたんです。ジョルジョは、よしもとばななさんの作品を最初にイタリアに紹介した日本文学者。須賀さんが『キッ

『細雪』

Tanizaki, Junichiro *Neve Sottile*, traduzione di Olga Ceretti Borsini, Milano: A. Martello, 1961

ヴェネツィア大学学生時代、『細雪』をテーマにした短期集中講義の講師としていらしたのが、須賀さんでした。僕が日本文学の道に進むきっかけになった本でもあります。

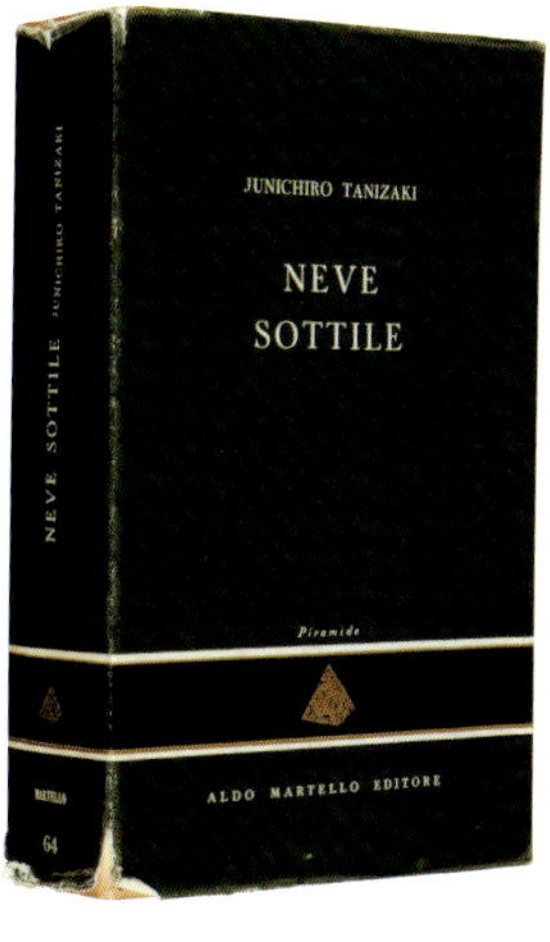

須賀さんの暮らしたミラノの街。僕の生まれ育ったクレモナはここから列車で1時間ほどで、須賀さんの描くミラノの情景と、とてもよく似ています。

チン』を話題にしたのがきっかけで、彼がこの本を訳すことになったと聞いています。卒論でばななさんを採り上げたいといったら、指導教官のアドリアーナ・ボスカロ先生（「ザッテレの河岸で」ほか、須賀さんのエッセーにもたびたび登場されます）がジョルジョに引き合わせてくれて、その彼が、須賀さんのエッセーのことも教えてくれた。翻訳家であり先生だった須賀さんの、作家というまた別の一面を知ったのは、この時です。

　僕の生まれ故郷クレモナはミラノのすぐ近くの街ですから、須賀さんのデビュー作『ミラノ　霧の風景』の冒頭に書かれているように、「霧」をなつかしく思い浮かべることがあります。この作品はとても好きで、最近、僕が受け持った日→伊翻訳のクラスで教材にさせていただいたほどです。そのときわかったんですが、須賀さんの上品で格調ある文章は、訳すのがとっても難しいんです。一つのセンテンスが長いので、イタリア語にするとますます長くなってしまう。かなり苦労しましたね。

　『トリエステの坂道』も大好きな一冊です。この本には、彼女の愛したイタリアの詩人たちのことや、夫とその家族や周辺の人びとの物語が収められています。登場人物たちは、決して裕福とはいえない、いわゆる労働者階級の人たち。どこにでもいる、ごく〝普通の〟人たちの姿がありのままに描かれている。厳しい現実に押しつぶされそうになったり、ささやかな幸せに心躍らせたりする、普遍的な人間の姿……。須賀さんは、決して現実を美化したり実際にはなかったことをあたかも真実らしく書いたりはしなかった。つらい出来事も、不幸も、素直にそのまま書かれたのだと思います。

　結婚されたのが一九六一年、僕が生まれるずっと前のことですから、その当時を舞台にしたエッセーには僕の知らないイタリアが描かれている。現代のイタリアを創った、多くの無名の人たちの大切な歴史がそこにある。講義や訳書を通じて日本のことを教わっていた須賀さんに、まさか母国のことまで教わるとは、嬉しい驚きでしたね。

「何語で死ぬんだろう?」

五〇年代に単身ヨーロッパへわたり、イタリア人男性と結婚するという、当時の日本人女性としては並外れて大胆で勇気ある行動が取れたのは、須賀さんがカトリック信者であったことと無関係ではないような気がします。だからこそ、イタリア人の価値観や世界観に自然に馴染むことができたのではないでしょうか。僕のように生まれたときからカトリックの教育を受けてきた者よりも、自ら信仰を選んだ須賀さんのほうが、よほど強い信念をお持ちだったろうと思います。

最後にお目にかかったのは、一九九七年十一月、イタリア文化会館で作家アントニオ・タブッキさんと対談をされた時でした。始まる前にご挨拶させていただいたのですが、既にご病気で体調も悪かったのでしょう、かなりやつれておられたのが気がかりでした。

その対談で、須賀さんは、ものすごく衝撃的なことをおっしゃったんです。
「よく、自分は何語で死ぬんだろうと思うのです（笑）。おそらくその時に頭に浮かぶことによるのだろうと思いますが。死の床にある私に話しかけている人間ですとか。誰かがイタリア語で話しかければ、私も返事をするでしょうし、そうするとイタリア語で旅立つことになるのでしょう……」（「文学の中の20世紀の時空」より。『須賀敦子全集別巻』所収）。

タブッキさんも外国語で書いたり翻訳をされているので、こんな発言が出たのでしょうが、ものすごく考えさせられる一言でした。僕自身、そのとき考えている内容によって、頭に浮かぶ言語が変わるので、僕が死ぬときはどうなんだろうか、とも……。

母国を離れて異国に暮らし、異なる言語の間を行き来することは楽しく刺激的で、すばらしいことです。須賀さんは同じ対談のなかで「ひとつの国、ひとつの風景の中に閉じこもっていてはならないのです。必要な時には、いつでもどこにでも行ける用意がなければならないのです」ともおっしゃっていました。ただ、僕は最近、ふと、どこにいても異人である自分に気づくことがあるんです。自分で選んだ道だから、もちろん後悔はしていませんけれど……。ペッピーノさんの死後、長年にわたって単身イタリアに留まられた須賀さんも、時にはこんな思いをされたことがあったのではないでしょうか。

須賀さんが亡くなられたのは、この対談の約四ヵ月後でした。須賀さんから教わることは、まだまだたくさんあっただろう、と思います。先生、何語で旅立たれたのですか、と、あれから十年以上経った今でも、心のなかで問いかけています。［談］

コラム

須賀さんの本棚

解説＝アレッサンドロ・ジェレヴィーニ

イタリア文化会館に遺贈された
須賀さんの欧文図書蔵書目録のなかから、
アレッサンドロさんの気になる本を選んでもらった。

『春琴抄・蘆刈』

Tanizaki, Junichiro *Due amori crudeli*, traduzione dal giapponese di Giuseppe Ricca, e Atsuko Ricca Suga, Milano: Bompiani, 1963

ペッピーノさんと須賀さんの共訳。カヴァーの日本画は白隠の作。この本の出版を皮切りに、須賀さんは谷崎文学を多数翻訳されています（『瘋癲老人日記』（*Diario di un vecchio pazzo*）、『陰翳礼讃』（*Libro d'ombra*）など）。僕が大学に入る前から読んでいた本の中に、須賀さん訳のものもあったと思います。撮影＝坪田充晃（左頁2段目まで）

蔵書目録を見せていただいて、まず驚いたのは、その数です。文化会館に寄贈されたものだけで三千五百冊以上。もしかしたらペッピーノさんの蔵書も混ざっているかもしれませんけれど、このほかに上智大学や東京大学に寄贈された洋書もありますし、日本語の文献はすべてフィレンツェ大学図書館に贈られたと聞いています。感服しました。

さて、どんな本があるのかというと、イタリアとフランスの文学は、ほぼ網羅されています。重要作品で欠けているものはひとつもないといっていいでしょう。ほかにもアフリカやインド、中国、アラブ系など世界中の文献が幅広く集められていますね。宗教・神学関連の本が充実していることや、意外にも青少年文学がたくさんあったことも発見でした。

蔵書には持ち主の人格や趣向がはっきりと表れるものなので、僕だったら本棚を覗かれるのはちょっと怖い気もしますが、これから須賀敦子を研究しようという人たちにとっては、非常に貴重な資料だと思います。［談］

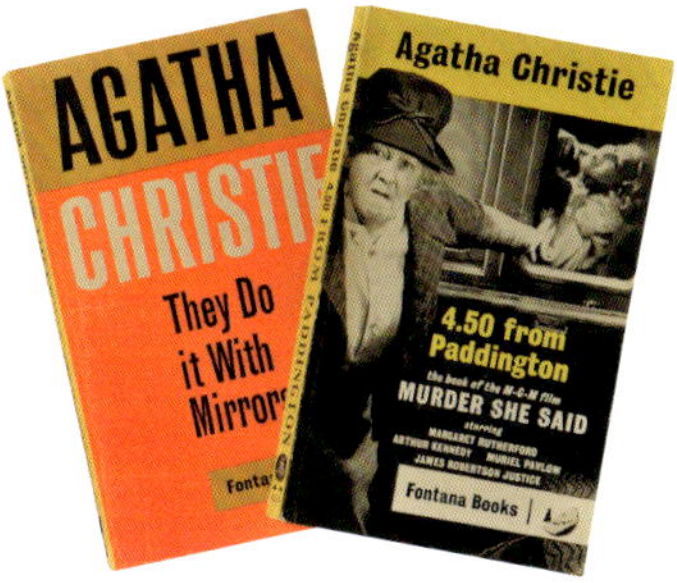

『パディントン発4時50分』ほか
アガサ・クリスティの推理小説

Christie, Agatha *4:50 from Paddington*,
London : Collins, 1957

『白鯨』

Melville, Herman *Moby Dick o la balena*,
prefazione e traduzione di Cesare Pavese,
Milano : Frassinelli, 1966

『ロビンソン・クルーソー』

Defoe, Daniel *Robinson Crusoe*,
London:J.M.Dent, 1994

どれも僕も少年時代に読んだ本ばかり。学問にかかわる文献だけでなく青少年文学もたくさんお持ちだったことを知って、ちょっと驚きました。須賀さんの少女のような笑顔を思い出します。『白鯨』は作家パヴェーゼの訳ですね。

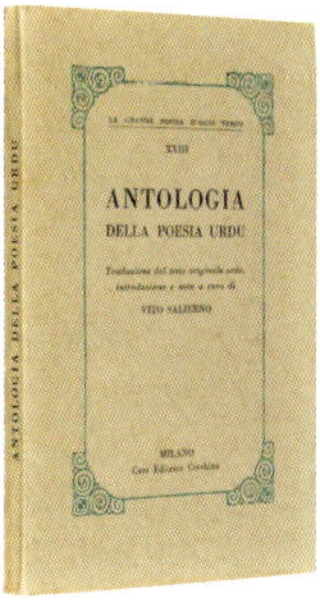

『ウルドゥー名詩選』

Antologia della poesia urdu, traduzione dal testo originale urdu, Milano: Ceschina, 1963

ウルドゥー語（インド、パキスタンなどで使われるヒンドゥー語と同系の言語）の詩集。関心の幅広さにびっくり。ほかにも、『ヘブライ語文法』や『アラム語文法』の本を発見。ヘブライ語はまだしも、イエス・キリストが話していたとされるアラム語まで勉強されていたのかと驚きました。徹底して真実に迫ろうとする、須賀さんの姿勢がうかがえます。

『魂の日記』（写真中央）

Giovanni XXIII *Il giornale dell'anima e altri scritti di pietà*,
Roma : Edizioni di Storia e Letteratura, 1965

豊富な宗教関連の本のなかには法皇ヨハネ23世の著作までありました。

ミロスラフ・サセックの
都市絵本シリーズ

Sasek, Miroslav *Questa è Roma, Questa è Parigi, Questa è Londra*, Milano : Rizzoli

日本の母親への贈り物。パリとローマとロンドンの3冊があり、パリ版の扉には「ママへ、お誕生日おめでとう」とあり、さらに本文すべてが日本語に訳され、丁寧に清書されている。パリとローマには2年、ロンドンにも3ヵ月いたことがあったから、自分が暮らした街のことを、ヨーロッパを知らない母親にすこしでも伝えたかったのかも。写真はローマ篇。

問い合わせ………イタリア文化会館図書室　biblioteca.iictokyo@esteri.it

本書に登場する主な場所

紀元前4世紀にローマ～カプア間が開通したアッピア旧街道。須賀はローマ留学時代、友人たちとこの〈土木が好きなローマ人が私たちに残してくれた街道の思想〉(『時のかけらたち』)を見に出かけた。

〈アクイレイア Aquileia〉

✣アクイレイア聖堂
Basilica di Aquileia
Piazza Capitolo
Tel: 0431-91067

〈アレッツォ Arezzo〉

✣サン・フランチェスコ聖堂
Basilica di San Francesco
Piazza S. Francesco 1
Tel: 0575-20630

〈アッシジ Assisi〉

✣サン・フランチェスコ聖堂
Basilica di San Francesco
Piazza S. Francesco 2
Tel: 075-819001
http://www.sanfrancescoassisi.org/BASILICA_HOME.htm

✣ペリクレ・ファッツィーニ美術館
Museo Pericle Fazzini
Piazza Garibaldi 1c
Tel: 075-8044586

✣サン・ダミアーノ修道院
Convento di San Damiano
Via San Damiano
Tel: 075-812273

〈フィレンツェ Firenze〉

✣ボボリ庭園
Giardino di Boboli
Piazza Pitti, 1
Tel: 055-218741

✣フィレンツェ国立図書館
Biblioteca Nazionale Centrale di Firenze
Piazza dei Cavalleggeri, 1
Tel: 055-249191
http://www.bncf.firenze.sbn.it/

✣サン・マルコ美術館
Museo di San Marco
Piazza San Marco 3
Tel: 055-2388608

✣ブランカッチ礼拝堂
Cappella Brancacci
Chiesa del Carmine - Piazza del Carmine, 14
Tel: 055-2382195

〈ミラノ Milano〉

✣アンブロジアーナ美術館
Pinacoteca Ambrosiana
Piazza Pio XI 2
Tel: 02-806921
http://www.ambrosiana.eu

✣ポルディ・ペッツォーリ美術館
Museo Poldi Pezzoli
Via Manzoni 12
Tel: 02-796334
http://www.museopoldipezzoli.it

〈ペルージャ Perugia〉

✣外国人大学
Università per Stranieri di Perugia
Palazzo Gallenga - Piazza Fortebraccio, 4
Tel: 075-57461
http://www.unistrapg.it/italiano/

〈ローマ Roma〉

✣サンタ・マリア・イン・アラチェリ教会
Santa Maria in Aracoeli
Piazza d'Aracoeli
Tel: 06-6798155

✣国立近代美術館
Galleria nazionale d'arte moderna
Viale delle Belle Arti, 131
Tel: 06-322981
http://www.gnam.beniculturali.it

✣サン・ルイージ・デイ・フランチェージ教会
Chiesa di San Luigi dei Francesi
Via Santa Giovanna d'Arco 5
Tel: 06-688271

✣プリシッラのカタコンベ
Catacombe di Priscilla
Via Salaria 430
Tel: 06-8620-6272
http://www.catacombepriscilla.com

〈シエナ Siena〉

✣サン・ドメニコ教会
Basilica di San Domenico
1, Via Camporegio
Tel: 0577-286848

✣シエナ市庁舎
Palazzo Pubblico
Piazza del Campo 1
Tel: 0577-292226

〈トリエステ Trieste〉

✣ウンベルト・サバ書店
Libreria Antiquaria Umberto Saba
Via San Nicolò, 30
Tel: 040-631741

〈ヴェネツィア Venezia〉

✣市立コッレール博物館
Museo Civico Correr
San Marco 52
Tel: 041-2405211

✣サンタ・マリア・アッスンタ大聖堂(トルチェッロ島)
Basilica di Santa Maria Assunta di Torcello
Isola di Torcello
Tel: 041-2702464

＊イタリアの国番号は39です。
＊データは2009年8月現在のものです。

須賀敦子略年譜

1929（昭和4）✣0歳
1月19日、大阪・赤十字病院で産声をあげる。兵庫県武庫郡精道村（現芦屋市翠ヶ丘町）の須賀豊治郎、万寿夫妻にとって初めての子。豊治郎は亡父が創業した水道設備業・須賀商会に勤務（後に副社長）。叔母、叔父も同居する大家族を祖母・信が切り盛りし、敦子はおばあちゃん子になる。

1930（昭和5）✣1歳
2月23日、妹・良子誕生。

1934（昭和9）✣5歳
10月12日、弟・新誕生。

1935（昭和10）✣6歳
西宮市殿山町に転居するが、前の家から1キロほどの近所。宝塚市の小林聖心女子学院小学部に入学。

1936（昭和11）✣7歳
7月、父が世界一周実業視察団体旅行に出発、翌年5月帰国。

1937（昭和12）✣8歳
須賀商会の東京支店ができて父が転勤となったため、母・弟妹・叔父と東京麻布本村町に引っ越し、白金の聖心女子学院小学部に編入。

1941（昭和16）✣12歳
4月、聖心女子学院高等女学校に入学。12月8日、太平洋戦争が始まる。

1943（昭和18）✣14歳
西宮の実家に家族と疎開し、小林聖心女子学院高等女学部に編入。

1945（昭和20）✣16歳
5年制の高等女学部を、戦時ゆえ4年で繰り上げ卒業。進学するはずの聖心女子学院高等専門学校が3月の東京大空襲で焼けたため、入学は戦争が終わってからになる。東京で寄宿舎生活を送る。

1947（昭和22）✣18歳
聖心女子学院で洗礼を受ける。洗礼名はマリア・アンナ。

1948（昭和23）✣19歳
聖心女子学院高等専門学校を卒業し、新設の聖心女子大学外国語学部英語・英文科2年に編入。

1951（昭和26）✣22歳
聖心女子大学卒業。寄宿舎から麻布の家に戻る。

1952（昭和27）✣23歳
一時、修道院に入ることも考えたが、慶応義塾大学大学院社会学研究科に進む。

1953（昭和28）✣24歳
フランス政府保護留学制度に合格、パリ大学文学部比較文学科に留学のため、大学院を中退。7月2日、神戸港から日本郵船「平安丸」に乗り、8月10日、イタリアのジェノワ着。友人から紹介されたマリア・ボットーニの出迎えを受け、列車でパリに入る。このマリアを通じてコルシア書店の存在を知ることに。

1954（昭和29）✣25歳
4月、学生の団体旅行でローマ、アッシジ、フィレンツェをめぐる。夏休みにはペルージャにホームステイし、外国人大学でイタリア語とイタリア文学史を学ぶ。

1955（昭和30）✣26歳
7月帰国。東京都目黒区中目黒のアパートに住み、NHK国際局欧米部フラン

おばあちゃん子だった幼い頃。

ス語班の嘱託となる（58年まで）。マリア・ボットーニからコルシア書店の出版物を送られ、興味がふくらむ。

1957（昭和32）✣28歳
ヴァチカンに本部を置くカリタス・インターナショナルの留学生試験に合格。

1958（昭和33）✣29歳
8月末、羽田から空路でフランクフルトへ。ドイツ、フランスを経て9月8日、ローマ入り。レジナムンディ大学で聴講を始める。彫刻家ファッツィーニを知る。年末、マリアの紹介で、コルシア書店の創設者のひとりで詩人でもあったダヴィデ神父に面会。

1960（昭和35）✣31歳
1月2日、コルシア書店の企画会議に参加するため赴いたジェノワ駅のホームで、後に夫となるジュゼッペ（通称ペッピーノ）・リッカに初めて会う。手紙のやりとりが始まり、2月にはミラノのコルシア書店で再会。7月、同書店より日本語の小冊子『どんぐりのたわごと』第1号を自費出版、日本人の友人・知人に送る（62年の第15号まで刊行）。9月頃、ペッピーノと婚約。日本の両親に反対されるものの、ミラノに転居し、コルシア書店の仕事に加わる。

1961（昭和36）✣32歳
11月15日、ウディネの教会でペッピーノと結婚。新居はミラノのムジェッロ街6番地のアパートメント。

1962（昭和37）✣33歳
2〜4月、ペッピーノと新婚旅行も兼ねて帰国。結婚に反対していた両親も歓迎してくれる。

1963（昭和38）✣34歳
ペッピーノとの共訳による谷崎潤一郎『春琴抄』『蘆刈』のイタリア語版を、イタリアの名だたる出版社ボンピアーニ社より刊行（以後、敦子単独で日本の近現代文学の翻訳にあたる）。

1967（昭和42）✣38歳
6月3日、ペッピーノ、肋膜炎で急逝。享年41。8月、母危篤の報を受け一時帰国。母は持ち直したが、9月に祖母が亡くなる。

1970（昭和45）✣41歳
3月15日、父危篤のため一時帰国。翌16日、父死去。

1971（昭和46）✣42歳
8月末帰国、中目黒の以前と同じアパートに住み、慶応義塾大学国際センターの事務嘱託となる（82年まで）。NHK国際局イタリア語班にも嘱託として勤務。

1972（昭和47）✣43歳
共同生活を送りながら廃品回収をし、生活苦の人々を援助するエマウス運動に本格的に乗り出す。4月、慶応義塾大学外国語学校の講師となりイタリア語を教える（84年まで）。5月6日、母死去。

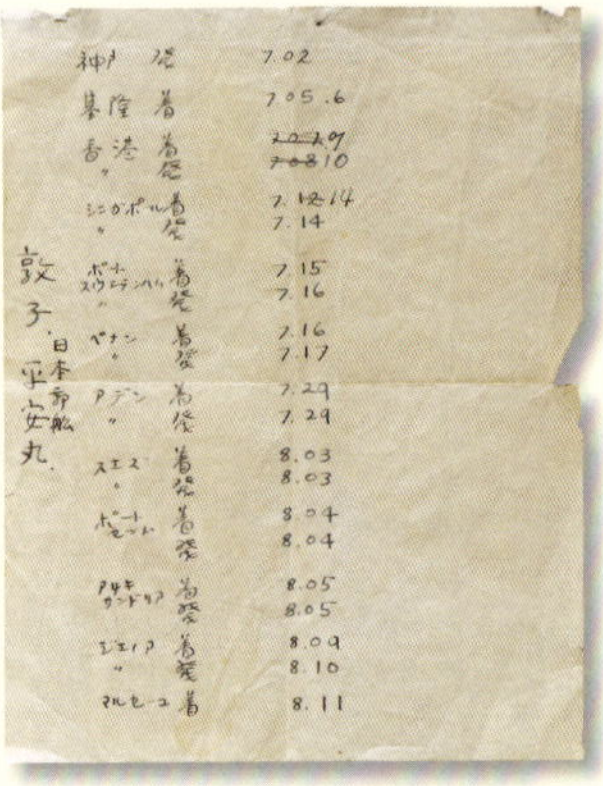

［上］パリに渡航する前に父親から手渡された手書きの旅程表。実際にはジェノワから鉄道でパリに入ることになった。引き出しの中に大切にしまわれてあったのを、須賀の没後、妹・良子さんが見つけた。
［下］子どもは持たなかったが、いつも幼い子を可愛がっていた。

＊『須賀敦子全集』第8巻所収、松山巖作成「年譜」をもとにしました。

1973（昭和48）✣44歳
4月、上智大学国際部比較文化学科非常勤講師・同部大学院現代日本文学科兼任講師となり（79年常勤講師、82年外国語学部助教授、89年比較文化学部教授）、96年まで主に留学生を相手に英語で日本文学を講義。8月、東京都練馬区に「エマウスの家」を設立、75年まで責任者をつとめる。週4日は泊まり、自ら働くとともに若いボランティアを指導。

1976（昭和51）✣47歳
目黒区五本木のメゾネットタイプの集合住宅を購入、終の住処となる。

1978（昭和53）✣49歳
京都大学文学部イタリア文学科非常勤講師として集中講義。

1981（昭和56）✣52歳
慶応大に提出した論文「ウンガレッティの詩法の研究」で文学博士号を得る。

1982（昭和57）✣53歳
母校・聖心女子大学の英文科兼任講師となる（90年まで）。ブルーノ・ムナーリ『木をかこう』を翻訳（以後、翻訳本多数）。

1983（昭和58）✣54歳
東京大学文学部イタリア文学科兼任講師に（1年のブランクを挟み89年まで）。

1984（昭和59）✣55歳
3月、ナポリ東洋大学に日本文学科講師として招かれ、7月末まで教える。

1985（昭和60）✣56歳
日本オリベッティ社の広報誌『SPAZIO』32号から「別の日のイタリア」を連載、自身のイタリア体験をもとにした文筆活動の始まり。

1986（昭和61）✣57歳
京都大学文学部イタリア文学科非常勤講師になる（88年まで）。

1989（平成元）✣60歳
ナタリア・ギンズブルグ『マンゾーニ家の人々』の翻訳で、イタリア文化会館よりピーコ・デッラ・ミランドラ賞を受ける。

1990（平成2）✣61歳
『SPAZIO』連載をもとに『ミラノ 霧の風景』を刊行。

1991（平成3）✣62歳
『ミラノ 霧の風景』で女流文学賞、講談社エッセイ賞受賞。

1992（平成4）✣63歳
『コルシア書店の仲間たち』刊行。

1993（平成5）✣64歳
『ヴェネツィアの宿』刊行。

1995（平成7）✣66歳
『トリエステの坂道』刊行。

1996（平成8）✣67歳
9月、長編小説「アルザスの曲りくねった道」のため、フランスはアルザス地方コルマールへ取材旅行。同作は敦子の死により、未定稿の段階で終わる。『ユルスナールの靴』刊行。

1997（平成9）✣68歳
1月13日、卵巣の腫瘍のため国立国際医療センターに入院して17日に手術。その後、化学療法を受け、6月9日に退院するも、9月25日、再入院。

1998（平成10）✣69歳
3月20日、午前4時半、心不全で逝く。没後、『遠い朝の本たち』『時のかけらたち』『本に読まれて』『イタリアの詩人たち』刊行。

1959年秋、コルシア書店創設者のひとりであるダヴィデ神父の親友、ナザレーノ・ファブレッティ神父（右）の招きで北イタリアへ。港町ポルトフィーノにて。

1996年、アルザス旅行の途中、案内者のお宅を訪問した際のスナップ。

主要参考文献

- 『須賀敦子全集』全8巻　河出書房新社　2000年／河出文庫　2006〜08年
- 『須賀敦子全集』別巻　河出書房新社　2001年

- 「モランディ展」図録　東京新聞　1989年
- 「ファッツィーニ展」図録　ファッツィーニ展実行委員会、ローマ国立近代美術館　1990年
- 渡部雄吉・須賀敦子・中嶋和郎『ヴェネツィア案内』　新潮社（とんぼの本）　1994年
- 『水のゆくえ　舟越桂作品集』　京都書院　1995年
- ウンベルト・サバ『ウンベルト・サバ詩集』　須賀敦子訳　みすず書房　1998年
- 『KAWADE夢ムック　文藝別冊［追悼特集］須賀敦子』　1998年　河出書房新社
- カルロ・ギンズブルグ『ピエロ・デッラ・フランチェスカの謎』　森尾総夫訳　みすず書房　1998年
- 「須賀敦子の世界」『文學界』1999年5月号　文藝春秋
- 大竹昭子『須賀敦子のミラノ』　河出書房新社　2001年
- 岡田温司『モランディとその時代』　人文書院　2003年
- 岡本太郎『須賀敦子のアッシジと丘の町』　河出書房新社　2003年
- キアーラ・フルゴーニ『アッシジのフランチェスコ　ひとりの人間の生涯』　三森のぞみ訳　白水社　2004年
- 宮下規久朗『カラヴァッジョへの旅　天才画家の光と闇』　角川学芸出版（角川選書）　2007年
- 湯川豊『須賀敦子を読む』　新潮社　2009年

- *Vittorio Bolaffio:disegni e dipinti*, Marsilio Editori, Venezia, 1999
- Giuseppe Appella, *FAZZINI IN VILLA D'ESTE*, De Luca Editori D'Arte, Roma, 2005

〈どこまでも歩いて行きたくなるような、怪しい魅力がある〉（『トリエステの坂道』）道、ローマのヴィア・ジュリア。

取材協力

北村良子　佐野真理子　雨宮紀子
アリタリア航空　河出書房新社
イタリア政府観光局（ENIT）
http://www.enit.jp/
イタリア文化会館
http://www.iictokyo.esteri.it/IIC_Tokyo

ブックデザイン

大野リサ＋川島弘世

本書は「芸術新潮」2008年10月号特集
「須賀敦子が愛したもの」を再編集・増補したものです。

須賀《すが》敦子《あつこ》が歩《ある》いた道《みち》

発行　2009年9月20日
5刷　2015年12月10日
著者　須賀敦子《すがあつこ》、松山巖《まつやまいわお》、
アレッサンドロ・ジェレヴィーニ、
芸術新潮編集部《げいじゅつしんちょうへんしゅうぶ》
発行者　佐藤隆信
発行所　株式会社新潮社
住所　〒162-8711 東京都新宿区矢来町71
電話　編集部 03-3266-5611
読者係 03-3266-5111
http://www.shinchosha.co.jp
印刷所　大日本印刷株式会社
製本所　加藤製本株式会社
カバー印刷所　錦明印刷株式会社

ISBN978-4-10-602193-0 C0395